BBULMEDIA

http://www.bbulmedia.com

해解 광해경

光解

이훈영 신무협 장편 소설

광해경

7

뿔미디어

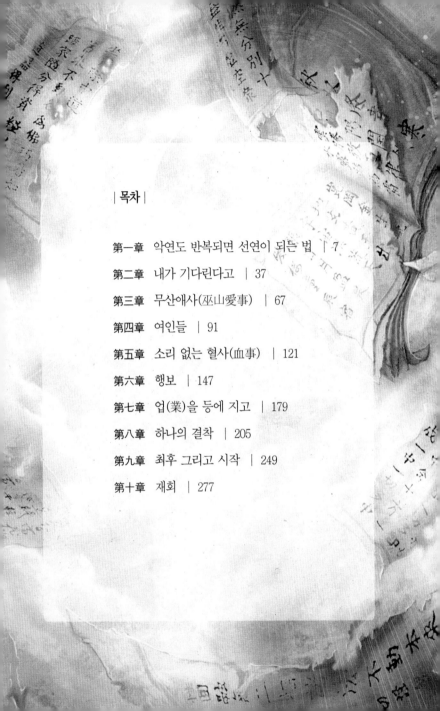

| 목차 |

第一章

악연도 반복되면
선연이 되는 법

"무례하다 여기시겠지만 제게 충(忠)은 효(孝)의 다른 이름이었습니다. 조부께서 일러 주신 길이기에 가야 하는 곳이었지요. 하여 오늘 제겐 참으로 다행인 것이옵니다. 충이 외려 불효가 되어 가고 있었기 때문이지요."

봉명궁 자운 공주의 처소 안에서 흘러나오는 연후의 음성은 참으로 나직했다.

하나 그 안에 싸늘함이 서려 있다는 느낌을 지우기가 힘든 자운 공주였다.

몇 해가 지나, 그것도 멸문지화의 참화 속에서 죽을 고비를 넘기고 살아 돌아온 과거의 정혼자 앞에서 대뜸 파혼에 관한 이야기를 먼저 꺼내 놓은 것이 크나 큰 실기가 되어 버린 것이다.

그만큼 지금 그녀 가슴에 단목강이란 사내가 깊이 자리하고 있던 탓이라고 하더라도 그것이 오랜 시간 만에 다시 만난 과거의 정인 앞에서 서두부터 꺼내 놓을 말이 아님이 분명했다.

그렇기에 냉랭해진 분위기였지만 그녀는 차라리 잘된 일이라고 생각하며 애써 마음을 다잡았다.

단목강의 속 깊음을 잘 알기에 그가 자신의 의형인 눈앞의 이 강직한 유생 앞에서 얼마나 힘들어 할지 충분히 짐작할 수 있는 것이다.

하여 그의 힘겨움을 대신 짊어진 것뿐이라 스스로를 애써 다독였다.

그렇다고 해도 지금 그녀는 눈앞의 연후가 하는 이야기를 전부 이해할 수가 없었다.

충은 효의 다른 이름이고 이제는 다시 충이 불효가 되고 있다는 연후의 말.

선문답 같기도 한 그 구절을 아무리 고쳐 생각해도 쉽사리 이해하기 힘든 것이다.

그도 그럴 수밖에 없는 것이 과거의 연후에게 충이란 의미는 조부 유한승의 의지이며 가르침이었다. 하여 충을 행하는 것이 바로 효를 행하는 것이나 다름없었다.

하나 지금의 연후에게 충이란 부친인 유기문과의 반목
일 수밖에 없었다.

번천회란 암중의 세력을 중심으로 지금과는 전혀 다른
세상을 만들려는 자신의 부친.

부친이 꿈꾸는 그 세상은 황제가 없는 곳이라 했다.

큰 부자도 그리고 크게 가난한 이도 없는 세상, 사람들
스스로 자신의 소망과 꿈을 위해 살아갈 수 있다는 세상,
요순이란 상고의 성군 시대에도 불가능했을 법한 그런 세
상을 만들려 한다는 부친의 행보는 결국 역모라 불리어질
수밖에 없는 성질의 것이었다.

그렇기에 이 자금성의 주인을 위해 충성을 바치자면
필연적으로 부친과 반목할 수밖에 없으며 그 때문에 충이
불효가 되어 간다는 말을 꺼낸 것이다.

그리고 그 와중에 무수히 많은 이들의 피가 뿌려질 수
밖에 없으리란 생각을 지울 수가 없었다.

그런 연후에게 충은 지난 시간 동안 가슴속을 짓누르
는 가장 무거운 짐이었다.

조부의 마지막 유언인 자운 공주와의 혼약, 한데 그것
이 허무할 정도로 쉽사리 깨져 버렸다는 소식을 듣게 되
니 허탈하기도 하고 또 어딘가 홀가분하기도 한 묘한 감
정이 교차해 마주한 자운 공주를 그저 편하게만 대할 수

가 없는 것이었다.

특히나 중살(衆殺)이란 강호의 무뢰배들에게 비명에 가시면서도 끝끝내 조정의 안위를 당부했던 조부의 마지막을 떠올리자 그 모든 것이 더없이 쓸쓸하게만 느껴졌다.

부마가 되어 한림원을 등에 지고 황궁을 좌지우지하는 환관 세력으로부터 조정을 바로 세워 주기를 바라셨다.

지난 시간 배운 것들로 황상을 보필하며 백성을 두루 살피라 하시던 조부의 마지막 유언, 그 모든 것은 그녀와의 성혼으로부터 시작될 수 있는 일이었다.

그 일을 위해 모든 것을 제쳐 두고 이곳 자금성까지 찾아온 연후에게 공주가 면전에서 꺼낸 파혼 이야기는 그만큼 가혹한 것이나 다름없었다.

하나 굳어 있었던 연후의 표정이 점점 편안하게 변해 갔다.

이 또한 잘된 일이라 마음먹었다.

지금의 자신에겐 힘이 있었다.

부마란 자리가 아니어도 충분히 스스로를 지키고 유가장 참화에 관련된 이들을 단죄할 수 있는 그런 능력이 있었다.

광해경을 얻고, 백부 금도산의 염왕진결을 얻고, 또한 북궁세가의 후인이며 검한마녀라 불렸던 모친의 무상검결까지 이어받았다.

적어도 이제는 마음이 하고 싶은 일을 행하여도 된다
는 생각이었다.

순간 연후는 가슴속 깊은 곳에서 치솟는 말을 그녀 앞
에 망설임 없이 꺼내 놓았다.

"태공공! 그자의 목을 베어 드리는 것으로 공주와의 연
을 끝내겠습니다."

연후는 그렇게 입을 연 뒤 자리에서 일어섰다.

황망함에 커다랗게 변한 자운 공주의 눈동자를 향해
마지막 예를 취한 연후는 망설임 없이 봉명궁을 벗어났
다.

하지만 자운 공주는 한참 동안이나 멍한 눈으로 연후
가 사라진 곳을 바라보고 있을 수밖에 없었다.

그저 평범하게만 보이던 유생 차림의 연후에게서 온몸
이 부들부들 떨리는 듯한 기분을 받았기 때문이다.

너무나도 무심하여 흔들림 없던 연후의 마지막 눈빛
속에서 그녀가 본 것은 자신이 내뱉은 말을 충분히 지킬
것이라는 그의 확신 같은 것이었다.

하나 자운 공주는 그것이 말이 되지 않는 일이라고 생
각했다.

강호인들 중에서도 가장 강하다 하던 단목강의 부친과

그보다 더한 고수라는 노스님이 합공을 하고도 그 목줄을 끊어 놓지 못한 존재가 바로 태공공이었다.

그런 일을 황사 가문의 후손인 연후가 해낼 수 있을 것이라곤 도저히 믿을 수 없었다.

"하지만……."

일말의 흔들림 없는, 그래서 더없이 굳건해 보이기만 하던 그 눈빛이 쉬 잊히지 않아 그녀는 오래도록 연후가 사라진 자리를 바라보아야만 했다.

*　　　*　　　*

사다인이 무곡을 빠져나온 나온 날로부터 벌써 보름이 넘는 시간이 흘렀다.

그동안 무산 인근을 벗어난 적이 없던 사다인이었지만 무곡이 위치한 비파봉 쪽으론 얼씬도 하지 않았다.

혹여 자신으로 인해 무곡 안에 있는 단목세가의 가신들에게 피해가 가지나 않을까 하는 마음 때문이었다.

한데 지금 그는 무곡의 입구가 있는 비파봉에서 가장 가까운 봉우리인 나암봉(裸巖峰)을 향해 이동하는 중이었다.

달빛 한 점 없는 칠흑 같은 밤, 험준하기 이를 데 없는 산자락을 내달리고 있는 사다인의 눈빛은 먹이를 쫓는 맹수의 그것처럼 흉흉하기만 했다.

벌써 섬서 땅의 무인들뿐 아니라 화산파의 도사들 수십을 주살한 사다인의 행보에는 추호의 망설임도 없었다.

오수련과의 싸움 때 입은 부상을 회복하기 위해 단목세가 사람들에게 어쩔 수 없이 신세를 져야만 했다. 거기다 텅 비어 버린 뇌령(雷靈)을 복구하기 위해 자신의 존재를 드러내게 되었고 그 일로 무산 인근이 강호인들로 뒤덮이고 있는 상황이었다.

하나 그들 중원의 무인들을 결코 피할 생각이 없는 사다인이었다.

잠시의 망설임으로, 또한 중원 무학에 대한 무지로 인해 죽음 직전까지 이르렀던 지난 시간을 생각하면 가슴속에 열불이 치미는 기분이었다.

그 때문에 다시 만난 연후에게도 또한 의제인 단목강의 식솔들에게도 폐를 끼치게 되었다.

그 모든 것들이 마음에 들지 않았다.

환우오천존 중 뇌제라 칭송받는 이의 절기를 과거 뇌제 이상으로 익히고도 당하게 된 부상이었다.

이는 남만의 대전사이자 부족 전체의 수호령으로서 더없는 수치가 아닐 수 없었다.

더 이상 자신으로 인해 누군가가 손해를 입는 일만은 없어야 한다는 것이 사다인의 확신이었다.

그런 생각으로 나뭇가지와 나뭇가지, 암벽과 암벽 사이를 이동하는 사다인의 그 모습은 한 마리 거대한 산짐승의 그것과 구분키 어려울 정도였다.

그렇게 목적지인 나암봉 아래 도달한 사다인은 신형을 우뚝 세운 채 주변을 살피기 시작했다.

혹시나 매복한 이들이 있지나 않을까 하는 생각으로 주변을 살피는 그의 눈엔 살벌한 안광이 넘실거렸다.

이미 한 번 자만심 때문에 죽음 직전까지 이르렀던 경험을 해 보았기에 작은 것 하나 놓치지 않고 신중에 신중을 기하고 있는 것이다.

지금 무산 안팎으론 수많은 중원 무인들이 자신을 잡기 위해 거대한 그물망을 펼쳐 놓은 상태였다.

상황이 그러한데 방심이란 말은 절대 있을 수 없는 것이다.

그럼에도 야심한 시각에 그가 나암봉에까지 이른 것은 이곳 무산을 떠나기 전 해야 할 마지막 일이 남았기 때문이다.

근 보름간 백여 명이 넘는 이들의 목숨을 거두었다.

그리고 그들 중 반수 이상이 화산파의 도사들이었다.

그들을 목적으로 선택한 이유는 너무나 단순했다.

그들 스스로 연후를 노리고 있다고 떠벌리는 것을 직접 들었기 때문이다.

연후가 익힌 무공이 환우오천존 중 검제(劍帝)의 무공이란 사실이 어찌 그렇게 널리 퍼지게 되었는지는 중요치 않았다.

얼마 전 섬서의 명부당이란 곳의 무인들 수백을 참살한 연후에게 검마(劍魔)란 흉명이 붙었다는 것 역시 중요치 않았다.

단지 사다인의 심정을 복잡하게 만드는 것은 친구인 연후가 원치 않은데도 자신 때문에 어쩔 수 없이 그 일을 행했다는 것이다.

운신할 수 없을 정도로 큰 부상을 당한 자기 자신을 위해 생면부지인 이들을 무수히 베어야 했던 친우를 생각하면 아직도 부끄러움에 얼굴을 들기가 힘든 지경이었다.

그리고 이곳 무산에서 그 친구를 노린다는 이들을 보게 된 것이다.

그들의 진짜 목적이 무엇이든 그들이 대놓고 연후를 노린다는 것을 안 이상 사다인에게는 적이 될 수밖에 없는 존재들이었다.

친구를 노리는 화산파 도사들에게 인정을 베풀 이유는

전혀 없었다.

그들은 그저 자신의 친우에게 위해를 가하려는 적도의 무리일 뿐, 물론 그들 정도의 능력으로 지금의 연후에게 전혀 위협이 될 수 없음을 잘 알고 있었다.

연후가 얼마나 강한지 바로 옆에서 지켜봤으니 그 누구보다 잘 알고 있다 자부할 수 있었다.

섬서 땅에서 보여 준 그 믿지 못할 일검(一劍).

빛살처럼 뻗어 나가 수백의 무인들을 베어 버린 그의 검을 떠올리면 뇌신지기(雷神之氣)조차 감당할 수 있을 것이라 자신할 수 없을 정도였다.

그것이 지금의 연후였다.

그 경지에 어떻게 이르렀는지는 전혀 중요하지 않았다.

정말로 검제의 유진 때문일 수도 있고 혹은 과거에 보았던 도왕 금도산에게 배운 무공 때문일 수도 있었다. 그도 아니면 보지 못한 지난 오 년간 무슨 기연이라도 얻었을 것이다.

그저 확실한 것은 지금의 연후에게 화산파 따윈 전혀 위협이 되지 못한다는 것이다.

그럼에도 사다인은 그들 화산파의 도사들에게만은 한 점의 인정도 남기지 않았다.

연후에게 지고 있는 빚 때문이었다.

자신의 어리석음으로 인해 검마라는 흉명을 얻게 된 지기, 거기에 원치 않은 살인까지 하게 된 지기를 생각하면 애초에 분란거리가 될 여지를 남기지 않겠다고 다짐하고 있는 것이다.

물론 연후가 그때의 일을 빚이라 여기지 않는 것을 잘 알고 있었지만 그것은 어디까지나 그저 연후의 생각일 뿐이었다.

스스로 그에게 마음의 빚이 있다고 생각하는 사다인은 그저 그 모든 것을 갚고 싶은 것뿐이었다.

연후가 알든 모르든 말이다.

또한 북경으로 향한 연후는 머잖아 조정에 출사를 해야 할 처지였다.

그것이 스승인 유한승의 마지막 바람, 연후가 그것을 따르고자 하는 것은 분명할 터였다.

이는 사다인 역시 도와야 할 일이었다.

스승의 죽음 앞에서 무기력하기만 했던 그때를 기억하면 스승의 마지막 유지를 지키기 위해 나선 연후를 자신 역시 도와야 하는 것이 마땅한 도리였다.

그것이 남만의 이족인 자신을 거둬 중원의 학문을 아낌없이 가르쳐 주었던 스승 유한승에 대한 최소한의 보은이었다.

그런 연후에게 앞으로 화산파는 자칫 큰 걸림돌이 될 수도 있었다.

당대 구대문파 내에서도 가장 막강한 영향력을 지닌 화산파, 그 힘이 무림은 물론 상계와 관부까지 두루 미치지 않는 곳이 없다 들었다.

그런 곳에서 연후를 노리고 있으니 차후 그의 행보에 걸림돌이 될 것은 당연한 일, 이를 결단코 두고 볼 수가 없었다.

한 번 결정을 하면 뒤돌아보지 않는 것이 사다인의 성정이었다.

그리고 그 화산파의 일을 마무리 짓기 위해 택한 곳이 바로 이곳 나암봉인 것이다.

그렇게 목적지인 나암봉에 도착한 뒤로도 사다인은 온 신경을 다해 주변의 상황을 꼼꼼히 살폈다.

단순히 눈에만 의존하는 것이 아니라 풀벌레 소리를 들으며 기척을 감춘 이들이 없나를 꼼꼼히 확인했고, 깊게 숨을 들이쉬며 혹 이질적인 냄새가 공기 중에 섞여 있지나 않은가를 더없이 면밀히 살폈다.

무산에 수많은 적들이 산개해 있음에도 불구하고 그간 종적이 발각되지 않았던 것은 모두 이렇게 철두철미하게 행동한 까닭이었다.

풀벌레 소리가 나지 않는 곳으론 절대 이동하지 않았다. 그곳에는 십중팔구 은신한 이들이 있기 때문이다.

또한 바람을 등진 쪽으론 절대 이동하지 않았다. 역풍으로 인해 전방에서 풍겨 오는 향을 맡지 못하니 어떤 위험이 도사리고 있을지 장담할 수 없기 때문이다.

이곳 무산에서 사다인은 산중의 제왕이며 모든 것의 지배자였다.

또한 이번 화산파의 일은 그저 마지막 사냥일 뿐이며, 그 종지부를 이곳 나암봉에서 찍고야 말겠다는 굳은 결심을 하고 있었다.

더 이상 귀찮은 존재들을 남길 이유가 없었다.

그런 마음으로 나암봉 주변의 상황을 면밀히 살핀 사다인이 일전에 미리 봐 두었던 장소로 은밀히 신형을 날렸다.

그 이름처럼 벌거벗은 듯한 거대한 암반으로 이루어진 곳이 바로 나암봉이었다.

무산 십이봉 중 동쪽으로 솟은 열한 번째 봉우리이며 가파른 암벽으로 인해 그저 오르는 것만으로도 쉽지 않은 곳이 바로 그곳이었다.

그나마 서쪽에서 산로를 따라 오를 수 있는 길은 오직 한 길뿐, 그 길을 지나치지 않고선 무곡이 있는 비파봉으로 향할 방법은 없었다.

사다인이 멈춰 선 곳은 나암봉 정상으로 이어지는 서편 산로의 중간쯤이었다.

가파른 암벽들 사이를 뚫고 잡목들이 드문드문 뿌리를 내리고 있었는데 사다인은 그중 유독 굵게 자란 노송 한 그루 앞에 멈추었다.

산정을 타넘어 부는 강풍 때문인지 크게 자라지 못하고 옆으로 잔가지만 잔뜩 뻗어 낸 볼품없는 노송, 그나마 조금 특이한 것이라곤 나뭇가지만큼이나 굵은 뿌리들이 암벽들 이곳저곳을 뚫고 흘러나와 있어 그 모습이 뿌리인지 줄기인지 쉬 구분하기 어렵다는 것뿐이었다.

사다인은 다시 한 번 주변을 살핀 뒤 노송의 뿌리 중 유독 굵어 보이는 것 하나를 잡아 뜯듯 들어 올렸다.

그러자 뿌리와 암벽 사이를 지탱하고 있던 돌가루와 흙더미들이 가파른 산비탈 아래쪽으로 우수수 떨어져 내렸다.

그렇게 드러난 뿌리 아래쪽에는 고작 어린애 한 명이 겨우 몸을 끼울 수 있을까 말까 한 비좁은 공간이 드러났다.

사다인은 그렇게 드러난 암벽의 틈새에 양 손가락을 끼워 넣은 뒤 그대로 잡아 뜯었다.

쩌저저적!

암벽은 부식된 토양처럼 힘없이 부서졌고 그렇게 조금은 넓어진 틈새로 자신의 몸을 집어넣었다.

노송의 뿌리들로 인해 수많은 균열이 난 암반이기에 그 모든 일을 행한데 걸린 시각은 촌각이나 다름없었다.

며칠째 무산을 뒤지며 찾아낸 장소였다.

완벽한 함정을 위해 그리고 또한 완벽한 은신을 위해.

다행히 노송 아래쪽의 상태는 짐작과 크게 다르지 않았고 이에 만족한 사다인이 싸늘한 미소를 지었다.

하나 연이어진 그의 행동은 더욱 조심스러워졌다.

완벽한 은신을 위해 인위적인 흔적을 지워야만 했다.

처음 들어 올렸던 굵은 뿌리를 끌어당겨 틈새를 덮었으며 그 직후 몸 안에 잠든 뇌신의 힘을 일깨웠다.

치지지직!

푸르른 뇌전의 줄기가 순식간에 뿌리를 타고 뻗어 나와 노송을 휘감았다.

순식간에 타들어 가며 힘을 잃어버린 노송의 가지들이 그 무게를 이기지 못하고 축 늘어졌다.

그리되자 사다인이 은신한 암벽의 틈새가 늘어진 노송의 가지들로 인해 완벽히 가려졌다.

그렇게 바위 틈새에 몸을 숨긴 사다인이 다시 한 번 뇌신지기를 끌어올렸다.

파지지직!

이전과는 비교도 할 수 없을 정도로 강렬한 뇌전의 기운들이 암벽을 타고 사방으로 뻗어 나가 주변의 잡목들을 일거에 휩쓸었다.

지뢰진(地雷陳)을 이용해 단번에 그 일대 나무들을 노송과 비슷한 상태로 만들어 버린 것이다.

몸을 숨긴 곳만 낙뢰에 맞았다면 누구라도 이상하게 여기고 주시할 것이 틀림없는 일, 하나 암벽 전체에 그런 나무들이 즐비하다면 자신이 숨은 곳이 쉽게 발각당하지 않으리란 생각이었다.

어차피 무산 어딘가에 자기가 있다는 것은 적들도 충분히 인지하고 있는 일, 더구나 저들을 이곳 나암봉 인근으로 유인하기 위해선 일부러라도 만들어야 할 흔적들이었다.

경계심이야 당연히 더 높아지겠지만 독이 잔뜩 오른 채 이곳 나암봉을 넘으려는 적들이라면 은신처를 발각하지 못할 수밖에 없으리란 생각이었다.

더구나 자신이 숨은 곳이야말로 나암봉 정상으로 오르기 위해 필히 지나쳐야 할 곳, 저들이 이곳을 지나치는 순간 그 후미를 덮쳐 일거에 쓸어 버릴 계획이었다.

어지간한 충격만으로도 추락사를 면키 어려운 지형이니 무산 전체에서 이곳보다 효율적으로 적들을 분쇄시킬 장소는 없다고 생각했다.

이 모든 계획을 완벽히 성공하기 위해선 반드시 필요한 것이 있었다.

그들 화산파 도인들을 나암봉 꼭대기로 오르게 할 미끼, 그리고 그것 역시 자기 자신으로 준비한 사다인이었다.

'동이 트기 전까지 세 시진가량 남았다. 놈들의 지금 위치는 신녀봉 어름, 일이 틀어지지만 않는다면 이 산자락과도 곧 안녕이구나.'

사다인의 입가에 다시 한 번 싸늘한 미소가 서렸다.

이 모든 것을 위해 일부러 화산파의 장로라는 도사 하나를 신녀봉 어귀에 살려 두었으니 모든 것은 계획대로 진행될 터였다.

머잖아 모든 일이 끝난다.

"자, 어디 와 보거라. 나 사다인이 여기 있다."

그의 음성이 암벽 틈에서 흘러나옴과 동시에 그곳으로부터 푸른 광망이 거침없이 치솟기 시작했다.

치지지지지!

기괴한 소음과 함께 암벽 틈새에서 퍼져 나온 거미줄

같은 뇌전의 기운들이 암벽을 타고 무서운 속도로 나암봉 정상까지 이어졌다.

그리고 터진 한 줄기 거대한 뇌성벽력!

우르릉!

콰쾅!

강렬하고도 엄청난 섬광과 함께 한 줄기 거대한 낙뢰가 칠흑 같은 어둠을 가르며 나암봉의 정상으로 떨어져 내렸다.

그 충격으로 산정을 이루고 있던 거대한 바위가 산산조각 나며 가파른 경사면을 타고 거침없이 쏟아져 내렸다.

구구구구구궁!

지축을 울릴 정도로 요란한 소음들이 적막하기만 했던 무산의 어둠을 송두리째 뒤흔들었다.

하나 정작 그 혼란의 가장 깊숙한 곳에 몸을 은신한 사다인은 어느새 느긋한 마음이 되었다.

이제는 기다리기만 하면 될 일이었다.

놈들 또한 장님과 귀머거리가 아니라면 이곳에 자신이 있음을 알 터였다.

놈들이 원하는 최고의 미끼가 던져졌으니 그저 기다리고 기다리면 모든 일이 끝날 것이란 생각에 여유로움마저 감돌았다.

물론 이곳을 찾는 이들이 전부 화산파의 도사들만은 아닐 것이다.

하나 상관없었다.

그들 또한 자신을 노리는 자들.

적이라면 없애 버리면 그뿐이었다.

그런 이들을 향해 값싼 동정 따위 전혀 베풀 생각이 없는 것이다.

외려 별 볼일 없는 이들이 먼저 달려와 나암봉 위를 기웃거려 주면 그것 또한 고마운 일이었다. 그들을 발견한 화산파의 도사들이 경계심을 풀 것이 뻔하니 이 또한 나쁜 것이 전혀 없는 것이다.

숫자는 얼마라도 상관없었다.

이미 무산의 지리는 구석구석 손바닥 보듯 환하게 숙지했다.

어디서 어떻게 싸워야 할지 잘 알며, 만일의 사태가 닥친다 해도 어디로 향하면 충분히 피할 수 있는지 너무나 잘 알고 있었다.

하나 그런 일이 생길 리 없었다.

그저 자신은 포식자이며 저들은 먹잇감일 뿐이다.

특히나 그중 친우를 노리는 화산파의 도사들은 가장

먹음직스러운 사냥감이었다.

결코 그냥 돌려보내 줄 생각이 없었다.

그 일을 모두 끝낸 후 이곳 무산을 유유히 떠날 것이다.

이미 도주로로 선택한 협곡 아래 뗏목까지 만들어 두었으니 자신이 세운 계획에 허점은 전혀 없다고 자신하는 사다인이었다.

그렇게 어둠 속에 몸을 은신하고 있는 사다인은 그저 기다리고 기다렸다.

이따금 이름 모를 새소리와 풀벌레 소리만이 어둠 속에서 들려올 뿐 야심한 시각 산중의 적막감은 점점 더 깊어만 가고 있었다.

시간이 지날수록 사다인의 눈빛은 점점 더 맹수의 그것처럼 변해 갔다.

이제 곧 전방으로부터 자신을 노리는 이들이 나타날 것은 틀림없는 사실, 일전을 준비하는데 절대로 소홀함이 있어서는 안 된다는 생각이었다.

한데 그 즈음 전혀 예상치 못한 일이 벌어졌다.

뜻하지 않게 나암봉 위쪽에서 난데없는 인기척이 느껴진 것이다.

이미 꼼꼼히 주변을 살핀 후였기에 당혹스러움과 의문

이 교차될 수밖에 없는 순간이었다.

인기척은 전방이 아닌 후방 비파봉 쪽으로부터 이어졌다.

더구나 그 기척의 주인이 혈혈단신이라는 것을 느낄 수 있으니 사다인의 머릿속이 점점 복잡해질 수밖에 없었다.

지금 위쪽에 나타난 이가 혹시 무곡의 인물이라면 자칫 괜한 일에 휩쓸릴 수도 있는 것이다.

한데 그 순간 불길함이 엄습해 오는 것이 느껴졌다.

바람을 타고 전해지는 체향에 섞인 미약한 지분 냄새를 맡은 것이다.

아니나 다를까 사다인에게 참으로 끔직한 느낌을 주는 여인의 음성이 들려왔다.

"사다인 공자님! 사다인 공자님!"

목소리를 낮추어 모기 소리처럼 자신의 이름을 부르는 음성, 사다인의 얼굴이 와락 일그러질 수밖에 없는 순간이었다.

'저 푼수 같은 계집애가 대체 왜 여길?'

생각만 해도 머리카락이 쭈뼛 서는 여인.

검후란 여인의 제자 은서린, 그녀가 이 뜻하지 않은 상황에 나암봉에 나타난 것이다.

참으로 난데없는 그녀의 등장에 사다인의 얼굴은 더욱더 일그러질 수밖에 없었다.

처음엔 병간호를 한답시고 들락거리더니 그 수다스러움과 산만함, 거기다 남만의 대전사이자 부족 전체의 수호령인 자신을 매일처럼 약하디약한 존재라 무시하던 그녀의 행동들을 하나하나 떠올리면 자다가도 몸이 부르르 떨릴 정도였다.

참으로 악연도 이런 악연이 없다는 생각이었다.

거기다 뇌령을 복구하는 과정에서 뜻하지 않게 자신의 알몸까지 보여 줘야 했다.

무곡의 금지라는 봉우리 정상에서 벌어진 그 일로 인해 그 안에 있는 단목세가의 가신들로부터 얼마나 많은 눈총을 받아야 했는지는 생각만으로 끔직한 기억이었다.

하지만 무곡을 벗어난 것으로 그녀와의 묘한 악연도 완전히 끝났다 생각했다.

아니, 지난 보름간은 그저 정신없이 적들을 주살하며 지내 온지라 은서린이란 존재 자체를 까맣게 잊은 상태였다.

한데 그녀가 지금, 이 중요한 상황에 나암봉 꼭대기에 참으로 느닷없이 나타나 버린 것이다.

그 즈음 모기 소리처럼 작기만 하던 그녀의 음성이 조

금씩 높아져 갔다.

"사다인 공자님! 이 근처에 계신 거죠? 무사하신 거죠?"

조바심과 함께 걱정이 깊게 묻어 있는 그녀의 내심을 읽을 수는 있었지만 그렇다고 사다인의 일그러진 얼굴이 펴질 리도 없었다.

'대체 무곡의 인간들은 뭘 하고 저 계집 혼자 여길 나돌아 다니게 만든단 말이냐!'

이 상황이 참으로 어처구니가 없었다.

극구 만류하는 그들을 뿌리치며 무곡을 나설 때 분명히 말했었다.

앞으로 어떤 일이 벌어지던 당신들과는 상관없는 일이니 무곡 밖으로 절대로 나서는 일이 있어서는 안 된다고.

그들 또한 과거 오수련과 자신이 벌인 일을 알기에 수긍할 수밖에 없는 모습이었다.

그리고 지난 보름간 무곡의 그 누구도 무산 위로 얼씬거리지 않았다.

그렇다고 섭섭한 마음이 이는 것은 절대 아니었다.

괜히 돕겠다고 나서기라도 한다면 오히려 방해만 될 뿐이며, 그러다 누구라도 다치거나 혹 그들의 은신처가 발각되기라도 한다면 다시 만날 단목강 앞에서 고개를 들 수 없을 것이란 생각이었다.

차라리 이 기회에 이곳에 몰려든 이들을 주살하면서 그간 무곡 사람들에게 신세진 것까지 모두 말끔히 갚겠다는 것이 사다인의 의지였다.

그리고 이제야 그 모든 것들의 끝을 볼 수 있는 때인 것이다.

그런 상황에 은서린의 생뚱맞은 등장은 전혀 예측하지 못한 변수가 될 수밖에 없었다.

물론 그녀가 왜 이곳까지 자신을 찾아왔는지야 그녀의 음성만으로도 충분히 짐작할 수 있었다.

그날 절벽에서 있었던 일, 아마도 그 일 때문일 것이다.

그때만 생각하면 사다인은 다시금 머리가 지끈지끈해질 수밖에 없었다.

뇌령을 복구하는 과정에서 걸치고 있던 옷가지가 모조리 재가 되어 흩어져 버렸다.

그로 인해 실오라기 하나 걸치지 않은 몸이 되었고 그걸 본 은서린은 무곡 전체가 떠나가라 비명을 내질러 버렸다.

그 소릴 듣고 너 나 없이 절벽 위로 올라온 단목세가의 인물들과 여전히 벌거벗은 몸으로 그들을 마주해야 했던

상황의 난감함이란 아무리 무뚝뚝한 사다인이라 해도 쉬
털어 낼 수 없는 기억이었다.

더구나 그들 눈에 비친 상황은 모든 오해가 오히려 더
욱 사실인 것처럼 보이도록 만들기에 충분했다.

모옥 안에서 홍조로 잔뜩 달아오른 얼굴로 아무런 말
도 꺼내지 못하고 있는 은서린, 그리고 그 앞에 홀딱 벗
은 채 서 있는 자신의 모습은 지난 폭풍우 치는 밤 동안
무슨 일이 있었는지 무수한 상상을 할 수밖에 없도록 만
드는 상황임이 분명했다.

그곳에 나타난 이들 또한 굳이 따져 묻지 않아도 어찌
된 일인지 짐작할 수 있다는 표정들이었다.

참으로 말도 안 되는 상상들을 하는 그들을 앞에 두고
변명 따윌 내뱉기도 힘들었다.

굳이 뇌령의 힘을 회복하는 과정에서 벌어진 일이란
것을 설명하고 싶지도 않았다.

그것이 본디 사다인의 성정이었다.

나중에라도 그녀에게 저간의 사정을 듣는다면 그들의
오해 따윈 풀릴 것이라 생각했다.

게다가 설혹 뭔가 변명을 한다 하더라도 당장은 홀딱
벗고 있는 상황에 그들 앞에서 주저리주저리 떠들 생각은
더더욱 없었다.

더구나 무곡 밖의 움직임마저 심상치 않은 때였다.

거대한 낙뢰가 떨어지는 것을 본 외부의 무인들이 속속들이 무곡 위 비파봉 쪽으로 모여들고 있는 때였으니 마냥 한가하게 청춘 남녀의 일을 따지고 있을 때는 아니었던 것이다.

하여 누군가 벌거벗은 사다인 앞으로 장삼 자락을 내던졌고 그 후 하나둘 절벽 아래로 사라져 버렸다.

결국 올라온 이들 중에 그 위에 남은 건 검후라는 여인뿐이었다.

그때까지도 은서린은 모옥 안에 주저앉은 채 그저 새빨갛게 달아오른 얼굴로 몽롱한 표정을 짓고 있을 뿐이었다.

그제야 장삼으로 알몸을 가린 사다인에게 그녀의 사부가 말을 걸어왔다.

"린아의 사부로서 두 사람의 관계를 정식으로 허락하겠네. 중시조께서 절정(切情)을 버리고 절한(切恨)하신 뒤 검경의 극을 보신 전례가 있으니, 본 절정각의 제자라 해도 성혼을 하는 일에는 아무런 문제가 없다네."

참으로 어처구니가 없는 일이었다.

너무 추접스럽고 또 황당해 변명하는 모양새마저 나지 않는 상황.

그렇다고 의제인 단목강의 가문에 빈객으로 초빙되어 있다는 여인에게 막말과 고성을 내뱉을 수도 없었다.

그때를 생각하면 이가 갈리는 사다인이었다.

그리고 그 모든 일의 원흉이라 할 수 있는 악연의 중심, 은서린이 이곳 나암봉에 나타난 것이다.

사다인은 이빨이 닳아 없어질 정도 입술을 꽉 물었다.

"으득! 저 계집을 대체 어쩐다!"

第二章

내가 기다린다고

황궁을 나선 연후가 가장 먼저 찾아간 곳은 조부 유한
승의 가묘가 있는 장원이었다.

　한때 북경제일루라 불렸던 자명루 뒤편에 자리한 장원,
과거 유가장의 참화를 겪은 후 부친과 함께 근 한 달이나
몸을 피해 있던 곳이었으니 연후의 기억 속에도 잊히지
않는 장소였다.

　더구나 그곳에서 부친을 따르는 괴개와 독마를 만나
무인으로서 첫 깨달음을 얻었던 장소이기도 하니 연후에
게도 더없이 특별한 장소일 수밖에 없었다.

　하나 막상 그 장원 앞에 이른 연후는 조금 난감한 표정
이었다.

과거 허름하여 폐장원이나 다름없던 곳이 더없이 고풍스러운 모습의 장원으로 완전히 바뀌어 있었기 때문이다.

'하긴, 새 주인이 생겼다 했으니……'

실상 연후가 서둘러 무곡을 떠나올 수밖에 없던 이유가 바로 이곳에서 조부의 유해를 수습해야 한다는 생각 때문이었다.

천하상단이 역모로 와해되었으니 그 소유였던 이곳 장원 역시 국가에 몰수되었다는 것이다.

그리고 얼마 전 이곳이 새 주인에게 내려졌다는 말을 들은 것이다.

역모에 대한 국법과 그 서슬 퍼런 지엄함을 누구보다 잘 알고 있으면서도, 정작 이곳에 만들어 둔 조부의 가묘 생각을 하지 못했던 일이 떠올라 차마 하늘을 올려다보지 못할 정도로 부끄러운 마음이었다.

하지만 연후 나름의 변명거린 충분했다.

불이곡을 떠난 후부터 이제껏 결코 적지 않은 일들을 겪어 왔다.

우연히 동행하게 된 표국 사람들과 그로 인해 겪었던 강호인들과의 마찰들, 그 와중에 역모에 얽힌 단목세가와 천하상단의 붕괴 소식을 들었으니 그때만 해도 죽은 조부의 무덤보단 산 사람들에 대한 걱정들이 앞설 수밖에 없었다.

더구나 연이어 사다인이 흑면수라란 이름으로 불리며 오수련이란 거대한 강호 세가들의 연합체와 피비린내 나는 싸움을 거치고 있음을 알게 되었고, 그런 지기를 구하고 이를 치료하기 위해 다시 섬서 땅에서 수많은 이들과 부딪혀야 했다.

그러다 원치 않는 살생으로 검마라는 흉명까지 얻었고 그러던 차에 다행히 단목세가의 살아남은 가신들을 만나 무산 깊은 곳에 숨겨진 그들만의 은신처까지 이르게 된 여정까지.

하나부터 끝까지 어느 것 하나 결코 가벼운 일들만은 아니었다.

그뿐만이 아니었다.

무곡이라 불리던 그 기이한 절곡의 금지라는 곳에서 지다성이란 여인이 남긴 것들을 마주해야 했으며 그곳에서 광해경상에 언급되어 있는 광령(光靈)에 관한 깨우침의 단초를 얻은 것은 강호의 말로 기연이나 다름없는 것이었다.

그런 이들이 끊임없이 이어지며 조부의 가묘에 관한 생각을 까맣게 잊어버리게 된 것이다.

그러다 얼마 전 장성 너머를 괴롭히던 북원의 삼황자

를 나포한 공로로 보국무장이란 칭호를 받은 젊은 장수에게 이곳 장원이 하사되었다는 소식을 듣게 되었으니 연후역시 부랴부랴 이곳을 찾을 수밖에 없는 터였다.

그렇게 주인이 바뀌면서 장원 내부를 수습할 것은 당연한 일.

그런 주인이 후원 마당에 놓인 봉분을 그냥 두고 보지않을 것 역시 뻔한 일이었다.

'어쩌면 벌써 황망한 일이 벌어진 것은 아닌 것인지⋯⋯.'

이제는 과거의 허름함을 전혀 찾아볼 수 없는 장원 앞에 선 연후의 내심은 자책감으로 가득할 수밖에 없었다.

그나마 주인의 성정이 모나지 않아 그 유해만이라도따로 보관되어 있기를 바랄 뿐이었다.

그런 생각이니 연후의 마음에 더욱 심란함이 더해지고있는 것이다.

"계십니까?"

연후의 나직하면서도 힘이 실린 음성이 굳게 닫힌 장원 너머로 퍼져 나갔다.

하나 시간이 한참 지나도록 그 안쪽에선 그 어떤 대답도 들려오지 않았다.

그리고 정작 들려온 음성은 연후의 등 뒤로부터 들려왔다.

"유 공자님?"

연후가 눈가를 찌푸리며 뒤돌아섰다.

그리고 마주하게 된 여인을 바라보는 연후의 표정이 딱딱하게 변해 갔다.

그렇게 연후의 눈앞에 나타난 것은 궁녀의 외출복을 걸치고 있는 이십 중후반의 여인이었다. 하나 단지 그녀가 궁녀라는 것 때문에 연후의 표정이 굳어진 것이 아니었다.

몸 안에 살아 숨 쉬듯 존재하는 무상검결이 그녀를 마주 대하기 전부터 그녀의 존재를 알려왔던 것이다.

그것만으로도 눈앞에 여인이 평범하지 않다는 것을 반증하는 것. 그렇다고 그 정도가 얼마 전 만난 당가의 대모란 여인에 비할 바 없이 약한 것은 사실이었지만 확실히 평범한 궁인이 아닌 것은 분명했다.

거기다 그녀가 자금성을 벗어날 때부터 따라붙기 시작한 몇 개의 기척 중 하나라는 것까지 알고 있는 연후이기에 경각심을 지우지 않고 있는 것이다.

'태공공 쪽인가?'

그녀 말고도 아직 주변에 몇 개의 눈이 자신을 주시하고 있음을 잘 알고 있는 연후였다.

그것이 태공공 쪽이든 금의위나 동창, 그도 아니면 내

밀원이라는 또 다른 태공공의 심복들 쪽이든 전혀 상관치 않았다.

마음만 먹는다면 언제 어느 때곤 그들을 제압하거나 제거할 자신이 있기에 그들의 미행을 용인하고 있는 것뿐이었다.

한데 눈앞에 나타난 여인은 조금 묘했다.

분명 스물 중반의 모습이라고는 하나 무언가 그것이 허상처럼 느껴지는 것이다.

연후가 그렇게 느끼는 것은 묘하게도 과거와는 다른 무상검결의 반응 때문이었다.

이제껏 적의 살기나 닥쳐오는 위기 같은 것에 발현되던 무상의 공능이 눈앞의 여인을 마주한 순간 또 다른 형태로 발해지고 있는 것이다.

그것은 이지러짐 혹은 어긋남에 대한 경계심이었지만 처음 그러한 상황을 겪고 있는 연후는 정확히 무엇 때문에 무상검결의 반응이 평소와는 다른 것인지 파악하지 못했다.

다만 그녀가 적이라면 방심해선 안 된다는 사실만을 새삼 되새기고 있는 연후였다.

"궁인께서 성 밖 출타가 쉽지 않을 터인데, 어찌 소생을 찾으셨습니까?"

연후의 음성은 차갑다고 느껴질 정도로 나직했다.

그리고 그 음성 안에는 많은 것이 내포되어 있었다.

자금성 내 궁녀의 수는 정확히 파악하기도 어려울 정도로 어마어마했다. 많을 때는 일만이 넘었다는 이야기가 있을 정도이니 그 규율과 법이 엄격함 또한 당연한 일이었다.

하여 평범한 궁녀라면 입성하여 평생을 자금성 밖으로 나가 보지 못하고 시신이 되어서야 바깥 구경을 하는 것이 대부분이었다.

유림에서 몇 번 이 같은 일에 대한 상소가 이어졌다가 묵살된 전례가 있으니 연후 또한 궁인들의 법에 대해서 그리 무지한 편은 아니었다.

하여 이런 시각에 성 밖으로 나올 수 있는 궁녀가 평범하지 않다는 것을 잘 알고 있으며 더구나 그녀가 무공을 숨기고 있다는 것까지 아는 마당에 이를 경계함은 당연한 태도였다.

"그렇게 냉정하게 나오시니 마주하기가 무안할 지경이네요. 저는 봉명궁에서 나왔어요. 자운 공주님의 시비인 천월이라 합니다."

여인의 음성은 제법 밝게 흘러나왔지만 연후의 표정은 더욱더 굳어졌다.

그녀가 봉명궁의 궁녀라 밝히는 것만으로 경계심이 사라질 이유가 없는 것이다.

조금 전 자운 공주와의 싸늘한 이별은 차치하고라도 단지 소속이 봉명궁이라 하여 온전히 그녀가 자운 공주의 편이라는 사실을 입증할 근거가 전혀 없었기 때문이다.

이미 자금성 내 세력의 구 할 이상이 태공공의 수족과 다름없다 하는 판에 상당한 수준의 무공을 익혔을 것이 분명한 궁녀에게 무턱대고 믿음을 줄 만큼 연후는 어리석지 않았다.

연후의 그런 마음을 읽어서일까.

그녀는 나직한 한숨과 함께 뜻하지 않은 전음을 보내었다.

"휴, 과연 소가주님의 친구분이시군요. 정식으로 소개하겠습니다. 모산법술의 계승자인 천월이라 합니다. 단목세가의 가신이기도 하며 가문의 뜻에 따라 소가주님과 공주님의 보필을 받고 있습니다."

전혀 예기치 못했던 이야기인지라 연후의 얼굴에는 잠시 당황한 기색이 스쳐 갔다.

그러면서도 내심 안도하는 마음이 들 수밖에 없었다.

연후 역시 한동안 무곡에 머물며 다른 이들로부터 그녀에 관한 이야기를 들은 기억이 있었기 때문이었다.

이제는 사라져 버린 모산파의 장문령을 계승했다는 여인, 기기묘묘한 법술로 모습을 자유자재로 변환시킬 뿐 아니라 강호의 무학과는 상리를 달리하는 이능을 지녔다는 것까지 들은 기억이 있었다.

그 정도 능력을 지녔으니 호굴이나 다름없는 자금성 내에서 활약할 수 있었으리라.

그녀가 먼저 정체를 밝힘으로서 막연했던 경계심은 완전히 사라져 버렸다.

역모에 연루되었던 단목세가의 가신, 그런 그녀가 봉명궁에 머물고 있다는 그 자체가 극비라 할 수 있는 일이니 그것을 꺼내 놓는 것만으로도 그 어떤 의심의 여지도 사라진 것이다.

더구나 그토록 보고 싶었던 의제 단목강의 가신이니 앞서 싸늘하게 응대한 것이 외려 송구한 지경이었다.

대신 이제는 주변에 남은 다른 눈과 귀에 극도로 감각을 끌어올리는 연후였다.

순식간에 연후의 몸에서 퍼져 나간 기감이 사방을 뒤덮었다.

여전히 붙어 있는 감시자들을 하나하나 살피는 것이다.

그들 대부분 무시해도 좋을 수준의 인물들이었으나 그 중 하나만은 결코 경시할 수 없었다.

삼십여 장 건너편 자명루의 전각 아래 몸을 숨긴 이의 은신은 거의 완벽에 가까워 무상의 공능이 일깨워 주지 않았다면 쉬 잡아내지 못할 뻔했다.

특히나 기감에 실려 오는 어딘지 사이한 느낌은 그를 더욱 경계해야 한다고 말하고 있는 것 같았다.

사정이 그러하니 연후 역시 조심에 조심을 더해야 했다.

"유연후라 합니다. 보는 눈과 귀가 많아 결례를 범해야 겠습니다."

연후 역시 그녀를 향해 전음을 날렸고 그 직후 사방으로 퍼트렸던 기감을 황급히 끌어들여 그녀와 자신이 선 공간 위를 뒤덮어 버렸다.

보이지 않는 무형의 막이 천월과 연후를 둘러싸는 순간이었다.

광해경에 언급된 탄공막의 오의를 방음벽의 형태로 응용한 것이었지만 이를 직접 겪는 천월의 눈빛에 서린 것은 경악에 가까운 반응이었다.

자신과 눈앞의 사내를 둘러싼 기이한 기운의 벽.

그것이 분명 조금 전 만들어졌음을 알 수 있었지만 정작 그 벽에선 그 어떤 기운도 느껴지지 않으니 그 이질적인 느낌에 휘둥그레 떠진 눈길을 지우지 못하는 것이다.

물론 단지 소리가 새 나가는 것을 막는 것 정도라면 그녀 역시 내공을 사용하거나 혹은 진법, 그도 아니면 법술을 사용해서 충분히 해낼 수 있었다.

하나 지금 눈앞의 사내가 펼쳐 보이고 있는 것은 전혀 그 궤가 다른 것임을 파악할 정도의 안목을 갖춘 것이 천월이란 여인이었다.

기운은 느껴지지 않는데 존재한다는 것은 느껴지는 벽.

그 원리를 전혀 이해하지 못하는 천월로서는 참으로 황당한 기분이 들고 있는 것이다.

그것이 상문의 힘, 즉 상단전의 개방으로 인해 발현된 무상검결의 공능과 광해경에 언급된 외부로부터 이어지는 그 어떤 힘도 완벽히 무(無)로 돌릴 수 있다는 탄공막의 오의가 중첩되어 생기는 현상임을 안다면 그녀는 지금보다 더욱 놀라야 했을 것이다.

하지만 당장은 그런 것들보다 나누어야 할 대화들이 우선이었다.

"휴, 검제의 전인이라 들었지만 상상 이상이로군요. 상황이 여의치 않으니 공주님의 전언을 전하겠습니다."

공주의 전언이라는 그녀의 음성에 썩 달가운 마음은 아니었지만 그렇다고 그런 내색을 함부로 비출 연후가 아니었다.

"이곳을 찾으신 이유가 작고하신 황사 어르신의 유해 때문이라면 너무 걱정 마시지요. 공자의 조부 되시는 분의 가묘는 이미 유가장 후원의 선산으로 이장하였습니다."

이 또한 예기치 못한 일이었기에 연후의 얼굴엔 놀라움과 더불어 근심이 교차할 수밖에 없었다.

선산이라면 유가장이 있는 매화촌에 있다.

역대 황사를 지낸 유가장의 선조들의 묘 역시 그곳에 있으며, 그곳이 손에 꼽히는 명당이라 들은 기억이 있으니 조부의 유해를 안장시키기에 그보다 좋은 자리는 없다고 해도 과언이 아니었다.

다만 유가장을 멸문시킨 태공공의 눈과 귀를 피해 누군가가 나서 그 일을 했다면 결코 좋은 일이 있지는 않았을 것이란 생각이 이는 것이다.

하니 그 일로 인해 또 다른 누군가가 화를 당하지는 않았나 하는 걱정이 일었다.

그런 연후의 내심을 모두 알고 있기라도 한 듯 천월의 음성이 흘러나왔다.

"모산파의 가르침 중에 지맥을 읽는 법이 있습니다. 그중 묘를 쓰기 합당한 자리를 찾는 법이 내려오며 다행히 제가 그 법에 눈을 뜬 것이 있어 그 일을 직접 행하였습니다. 하니 유 공자께선 너무 근심하지 않으셔도 좋습니다."

연이어진 그녀의 말에 연후의 얼굴이 조금은 밝아졌지만 내심 가득하게 차오르는 죄스러운 마음만은 전부 지우지 못했다.

마땅히 그 일은 혈손인 자신의 일일 터, 그렇다고 해도 조부의 묘를 이장해 준 그녀와 그 일을 지시했을 것이 분명한 의제 단목강에 대한 고마운 마음만은 전하고 싶었다.

특히나 자신의 가문에 닥친 황망한 일 와중에도 조부의 묘를 손 써 준 단목강에 대한 마음은 각별할 수밖에 없었다.

부친이 아니라면 그 일을 행할 이가 단목강뿐이라 생각했기 때문이었다.

또한 당연히 눈앞에 천월에 대한 마음 역시 한없는 것이었다.

"천월 법사님이라 하셨습니까? 유가장의 오대손 연후가 다시금 커다란 은혜에 감사드립니다."

연후가 진심을 다해 예를 취했다.

그런 연후를 바라보는 천월의 눈가에는 다시금 은은한 놀라움이 가득했다.

이제껏 많은 이들을 겪고 또 많은 사람을 만나 보았지만 이렇게 곧은 느낌의 사내를 보는 것은 정말로 흔치 않은 일이기 때문이었다.

그러한 기질의 사내 중 으뜸이라 할 수 있는 이가 바로 그녀가 주군으로 모셨던 단목세가의 가주 검륜쌍절이었다.

그리고 그의 성품은 고스란히 소가주 단목강에게 이어졌고.

한데 눈앞에 있는 연후는 또 다른 느낌이었다.

올곧고 강직한 것은 매한가지였으나 그 태생의 근간이 강호에 있지 않아 그런 것인지 검마라는 흉명과는 전혀 어울려 보이지 않았다.

아니, 곧으면서도 어딘지 부드럽다는 느낌이 강하게 들었다.

지금도 그렇다.

강호인들은 함부로 자신을 낮추지도 또한 은혜를 논하지도 않는다.

언제 어느 때 어떤 상황에서 마주할지 모르기에 스스로 은혜를 입었다는 언급을 하지 않는 것이다.

그렇게 언급한 작은 은혜가 때론 수많은 목숨 값으로 변하는 일이 허다한 곳이 강호란 세상이기에 그런 것이다.

한데 눈앞의 사내는 스스로를 낮추고 있다.

실상 그녀가 유한승의 가묘를 이장하는 수고로움은 한 밤이 다 지나기도 전에 끝이 날 정도로 쉬운 일이었으며, 그 와중에 그 어떤 종류의 위험이나 위기 같은 것도 없었다.

그렇기에 그녀에게 그 일은 별 대단한 기억도 아니었다.

그럼에도 눈앞의 이 사내는 참으로 과할 정도의 예를 표하고 있는 것이었다.

강호의 무인들이라면 절대로 보이지 않을 행동.

'역시나 아직은 어리다는 것인가?'

천월은 그런 생각을 할 수밖에 없었다.

그렇다고 해도 그가 지닌 검마라는 별호나 섬서 땅에서 행했다는 엄청난 살행을 무시할 생각은 없었다.

일검(一劍), 그 한 수로 수백을 베었다고 했다.

전해진 소문이니 다소의 과장이 아주 없진 않을 것이라는 것을 감안하더라도 검제의 무공을 이은 것만은 분명했다.

하지만 그것만으로는 턱없이 부족했다.

도산검림의 강호에서 살아남기 위해선 반드시 경험이

란 것이 필요했다.

그런 면에서 눈앞의 이 사내는 터무니없이 무모하기만
한 것이다.

특히나 그가 봉명궁 자운 공주의 처소에서 내던진 말
이 얼마나 허황된 것인지 잘 알고 있었다.

그가 스스로 태공공을 베어 주겠다 했다.

그 일이 얼마나 힘든 일인지, 또 얼마만큼이나 불가능
에 가까운 일인지 눈앞의 이 젊은 사내는 전혀 알지 못하
는 것이라 생각했다.

세간에 알려지기로 그저 천중십좌의 하나로 꼽힌다지
만 행방불명된 가주 단목중경의 진실된 무위는 이미 다른
이들과 비교를 불허할 정도였다.

그런 단목중경과 더불어 불성이라는 이 시대의 거인이
함께 나선 암습에 고작 중상을 입힌 것이 전부인 상대가
바로 태공공이란 존재였다.

물론 예상치 못한 금의위의 수장 곽영의 배반이 있었
다지만 그렇다고 해도 그 둘이 나서 태공공 하나를 베어
내지 못한 것은 실로 엄청난 일이 아닐 수 없는 것이다.

그런 태공공을 눈앞의 이 일천한 경험의 사내가 없애
겠다고 호언장담을 한 것이니 천월 그녀의 성정이 진중하
지 않았다면 당장 코웃음을 쳐도 이상치 않을 상황인 것

이다.

더구나 눈앞의 이 유생 차림의 사내는 곧 가주가 될 단 목강의 둘도 없는 지기 중 하나였다.

그런 이가 만용 때문에 덧없이 사라지는 것을 두고만 본다는 것은 세가의 가신(家臣)된 입장에서 도저히 방관할 수 없는 일이었다.

"유 공자, 외람되지만 환관의 수괴 태공공은 상리의 범주를 넘어선 존재입니다. 특히나 그가 익힌 무공은 악독하기 그지없습니다. 그로 인해 괴물 같은 몸이 되었으니 본가의 가주님조차 그 앞에 패퇴를 해야 했습니다. 유 공자가 아무리 검제의 유진을 이었다 하나 자칫 이란격석(以卵擊石)의 우가 될 수 있음을 아셔야 합니다."

천월은 진심을 다해 그리 말했다.

태공공 그가 칠패 중 식혈귀라 전해지는 희대의 살인마라는 이야기나 그의 무공이 삼천지란 때 강호를 물들인 희대의 사공이라는 사실 같은 것이야 눈앞의 사내에게 별 도움이 될 정보가 아니라 생각했다.

하니 당장은 그녀가 해 줄 수 있는 것은 함부로 나서지 말라는 경고에 관한 조언 정도뿐이었다.

하지만 연후의 표정은 여전히 담담했다.

"법사님께선 근심하지 마시지요. 천도(天道)가 아직 살아 있다면 역리(易理)가 설 땅이 어디 있겠습니까? 설혹 소생의 능력이 일천하여 그 일을 다하지 못한다 하더라도 그의 영화는 그리 오래지 않을 것이 틀림없습니다."

참으로 담담하지만 그 음성에 실린 확신을 느낄 수가 있어 천월은 그저 말문이 막힐 뿐이었다.

고리타분한 유생의 어투 앞에 자신의 경고가 다 무색해지는 기분인 것이다.

결국 눈앞의 연후를 설득하는 일은 자신의 몫이 아님을 확인한 것이 전부였다.

하지만 연후는 지금 진심을 그대로 표현한 것뿐이었다.

지금 자신의 능력으로 태공공을 베지 못할 것이라는 생각은 전혀 하지 않았다.

그녀에게 들은 태공공의 무공이 생각보다 더욱 대단하다고 해도 전혀 걱정하지 않았다.

단지 연후가 그의 말로를 장담할 수 있는 것은 자신의 무공 때문이 아니었다.

그것은 부친인 유기문 때문이었다.

얼마 전 대별산에서 뜻하지 않게 조우하게 된 부친.

그렇게 마주보게 된 그의 무위는 그야말로 아득함이란 말로밖에 설명할 수가 없었다.

광령을 얻은 지금의 자신이나 그와 비등한 힘을 내비치던 당가의 여고수마저 부친 앞에선 월광과 반딧불만큼이나 크나 큰 차이가 났다.

　그런 부친의 칼끝이 지금 이곳 황궁을 향하고 있음을 알고 있었다.

　태공공이 설혹 자신보다 훨씬 강하다 할지라도 결단코 부친의 지닌 힘 앞에선 무력할 것이라 생각되어졌다.

　태공공의 끝을 장담하는 연후의 확신에는 그러한 내심이 담겨 있는 것이다.

　물론 부친의 행보가 이어지는 와중에 무수한 인명이 사라질 것이었다.

　과거라면 의당 발 벗고 나서 만류했을 일.

　한데 막상 자운 공주의 일방적인 파혼을 접한 지금은 부친을 막아설 명분마저 사라진 기분이었다.

　이제는 그저 대명의 백성이니, 충을 위해서라면 부친과 골육상쟁을 해야 하는 상황에 놓여 버린 것이다.

　그것은 결코 합당치 않았다.

　부친의 뜻이, 그의 신념이 역천이라는 하나의 행보로 귀결되어 있다고 해서 단지 그 이유 때문에 막아설 수가 없었다.

　더구나 그것이 결코 불가능한 망상의 소산만은 아니라

는 사실까지 알게 된 연후였다.

불이곡 인근에 자리한 자그마한 마을 명촌(明村)이 바로 부친이 앞으로 만들고자 하는 세상의 축소판이었다.

마을 이름 그대로 밝음만이 가득한 그 자그마한 마을에서 몇 년을 보내었던 연후에게 온 세상을 명촌처럼 만들겠다는 부친의 뜻과 의지가 어찌 그저 한낱 망상으로만 비춰지겠는가.

이를 아는 지금의 연후에게는 부친을 반대할 명분이 너무나 부족했다.

그저 배운 대로, 그저 관습처럼 황제를 향해 충을 외치고 황제를 위해, 또한 썩어빠진 조정의 관료와 대륙 곳곳에 퍼진 탐관오리들을 위해 부친 앞에 칼을 빼 들 이유 따윈 전혀 없는 것이나 마찬가지였다.

이제 자신에게 남은 것은 비명에 돌아가신 조부와 더불어 무참히 살해당한 유가장 식솔들에 대한 복수뿐이었다.

그 상대가 태공공이라는 것, 그리고 그 일을 직접 주도했던 봉공 혹은 중살이라 불리는 강호의 무리들을 베는 것이 남은 일이었다.

그것이야말로 마땅히 자신이 해야만 하는 일인 것이다.

연후의 눈빛이 결연하게 빛났다.

마주 선 천월의 전신으로 오한이 스며들 만큼.

그리고 그 순간 두 사람을 감싸고 있던 탄공막이 삽시간에 한 점으로 뭉쳐지기 시작했다.

당황한 천월의 눈동자가 급격히 흔들렸고, 순간 연후는 그 기운을 쏘아내며 일갈했다.

"놈! 가서 전하거라. 유가장의 오대 적손 유연후가 혈채를 받기 위해 기다리고 있다고!"

슈앙!

그 음성 끝과 함께 대기가 찢기는 듯한 파공성이 터져 왔다.

건너편 자명루의 전각까지 빛살처럼 뻗어 나간 무형의 기세.

"크윽!"

난데없이 터져 나온 비명과 함께 전각의 처마에 은신해 있던 시커먼 무복의 사내가 바닥으로 떨어져 내린 것은 순식간의 일이었다.

다만 그렇게 모습을 드러낸 사내는 운신에 지장이 있을 정도의 타격을 입은 것은 아닌지 힘겹게 몸을 일으킨 뒤 잠시간 부들부들 떨리는 눈으로 연후를 바라보았다.

시커먼 복면 사이로 드러난 치 떨리는 그 눈빛에 서린 것은 경악이란 감정 하나였다.

그는 그렇게 잠시간 연후를 향하던 시선을 거둔 뒤 황급히 신형을 날렸다.

그 모든 일을 지척에서 목도한 천월의 눈동자도 격하게 흔들렸다.

지금 막 사라진 사내가 태공공의 실질적인 오른팔이라는 음사라는 것을 알고 있기 때문이다.

그녀 역시 단 한 번 보았을 뿐인 것이 음사란 존재였다.

단목중경과 불성이 태공공을 암습했을 당시 그 모습을 드러냈기에 망정이지 지난 수 년간 자금성에 머물면서도 단 한 번 그 존재를 감지하지 못했던 이가 바로 음사였다.

이는 음사란 이의 경지가 결코 눈 아래로 볼 수 없는 이라는 것을 반증하는 것, 거기에 워낙 신출귀몰하고 손속이 잔인해 동창이나 내밀원 사이에선 태공공의 사신이라 불리는 무시무시한 존재가 바로 음사란 이였다.

짐작되는 무위로는 황궁제일 고수라는 곽영과 비등할 것이라는 존재, 그런 음사의 기척을 단번에 찾은 것도 놀라운데 그저 기세만으로 그를 드러나게 하고 또한 도주하게 만든 연후의 능력은 그녀가 짐작했던 것을 아득히 넘어서는 것이었다.

그녀는 그저 멍한 눈으로 연후를 바라보고 있을 수밖에 없었다.

'어쩌면…… 아니야. 태공공 그자는 이미 인간의 한계를 넘었다 들었는데…… 하지만 유 공자의 무공 역시 짐작할 수 없을 정도이니…….'

그 순간 천월의 머릿속으론 그렇듯 복잡한 생각들이 교차하고 있었다.

그리고 그때 연후는 그곳에서 전혀 뜻하지 않은 인물을 만나게 되었다.

"하하하! 유 공자님. 이렇게 다시 뵙게 되는군요. 정말 오랜만입니다. 법사님도 안녕하셨습니까?"

이제껏 굳게 닫혀 있던 장원의 정문이 열리고 어딘지 조금은 능글능글한 웃음을 짓고 있는 중년 사내가 고개를 내밀며 입을 연 것이다.

그를 본 연후의 얼굴은 너무나 복잡할 수밖에 없었다.

그가 누군지 잘 알고 있었다.

의제 단목강의 수신호의라던 사내였다.

음자대란 곳의 대주라 했던 이였고, 유가장의 참화가 있던 후부터 몇 날을 함께 보냈으니 얼굴을 분명히 기억하는 이였다.

단목강이 그를 암천대주라 불렀던 것마저 기억하는 연

후였다.

그 사내 역시 단목세가 출신이니 법사 천월과 반갑게 마주하는 것이 이상할 이유는 없었다.

연후의 눈빛이 그토록 복잡한 것은 단지 그의 전혀 뜻하지 않은 등장 때문만은 아니었다.

바로 장원 건너편에 그가 있었음에도 불구하고 전혀 그 기척을 몰랐다는 것, 삼십 장이 넘는 거리를 격하고 완벽히 은신해 있던 이도 감지해 낸 무상검결의 공능이 고작 문짝 하나를 사이에 두고 있던 그에게 통하지 않았다는 사실은 연후에게 당혹감을 심어 주기에 충분한 일인 것이다.

그런 이유로 암천을 바라보는 연후의 눈이 복잡한 것인데 역시나 그런 연후의 내심을 알 리 없는 암천으로선 그의 반응이 예상 밖이라 조금 무안한 기분이 들었다.

한때 생사고락을 같이한 사이여서 꽤나 반겨 줄 것이라 생각했던 것인데 연후의 반응이 싸늘하기 만한 것이다.

그리되자 암천 역시 조금 냉랭한 태도가 될 수밖에 없었다.

이 장원은 단목세가의 대부인과 단목강의 누이가 머무는 은신처였다.

자운 공주의 도움으로 두 사람은 보국무장의 식솔로 위장할 수 있었고 그 같은 사실을 아는 이는 극소수에 불과했다.

그런 상황이니 외부의 방문객을 맞이하는 일에 경각심을 세우는 것은 당연하며, 그 방문객이 아무리 유가장의 공자라 해도 줄줄이 꼬리를 달고 온 상황이니 쉬 문을 열지 못한 채 망설이고 있었던 것이다.

한데 조금 전 일로 꼬리들이 한꺼번에 도망치듯 사라졌으니 그 찰나 은신을 풀고 이렇듯 연후와 천월을 맞이한 것이다.

물론 지금 연후의 복잡한 심정이 바로 자신의 은신을 발견하지 못했기 때문이란 사실은 전혀 짐작하지 못하고 있는 암천이었다.

실상 무상검결이 그의 기척을 감지하지 못한 것은 무경의 높고 낮음 때문은 아니었다.

이는 오직 암천에게 전해진 무학의 특성 때문이었다.

암천이 익힌 무학은 환우오천존과 이름을 나란히 하고 있을 정도로 어마어마한 살수인 사신 암제(暗帝)의 무공이었다.

그저 은신이 전부가 아닌 완벽히 자신을 세계와의 동화시킬 수 있는 것이 암천의 오행진기가 가진 특성이었다.

이는 본시 혁무린의 호위였던 초노에게 전해 받은 무학이었고 혁무린의 부친을 만난 후 암천은 비로소 오행진기의 진의를 깨우칠 수 있었다.

물론 지금처럼 암천이 일취월장할 수 있었던 것 역시 혁무린과 그를 따르는 북원의 무신 골패륵의 손에서 무사히 살아남기 위한 발버둥의 결과였지만 암천 그가 과거에 비할 바 없이 강해진 것만은 틀림없었다.

특히나 그의 무공의 특성은 실로 대단해서 그가 살심을 일으키지 않는 한 무상검결의 공능마저 감지해 낼 수 없을 정도이니 보통의 무인들에게는 진정 사신과도 같은 존재가 될 수 있는 것이 지금의 암천이었다.

물론 암천 그 자신은 아직까지 자신의 무공이 얼마만큼에 이르렀는지 정확히 깨우치지 못하고 있었다.

그만큼 주변에 인간 같지 않은 이들이 즐비하여 그런 것이지만 암천 나름 평범한 강호인들은 충분히 찍어 누를 수 있는 무공을 지녔다고 자부하고 있던 중이었다.

하물며 유가장의 샌님 같던 공자 정도야 아무리 몇 년 지나 만났다 하더라도 별거 있겠냐는 생각을 해 왔던 것인데 막상 마주 대하니 오판도 이런 오판이 없었다.

몇 년 전까지 그저 도왕 금도산에게 칼질의 기초나 배웠던 것이 전부였던 이가 이제는 도저히 그 크기 재어지지 않을 정도로 거대한 존재감을 느끼게 하니 그동안 자기는 뭘 했나 하는 자괴감마저 이는 것이다.

마찬가지로 연후는 연후 나름 무상의 공능을 넘어선 존재를 처음 대하니 암천을 실로 대단한 무인으로 바라볼 수밖에 없었는데 그런 서로의 속사정을 알지 못하니 두 사람의 어색한 분위기가 계속 될 수밖에 없었다.

그제야 두 사람 사이로 천월의 음성이 흘러나왔다.

"여기서 이러고 있을 때는 아닌 것 같습니다. 자칫 대부인과 연화 소저가 드러날 수도 있으니……."

그녀의 말에 퍼뜩 정신을 차린 암천이 서둘러 연후를 맞이했다.

"일단 드시지요. 소가주께서 남기신 말씀이 잔뜩입니다. 에구, 며칠만 서두르셨으면 혁무린 공자까지 만나셨을 것을……."

뜻하지 않게 듣게 된 또 한 명의 반가운 이름 때문에 연후의 눈가가 나직하게 떨렸다.

"무린이 여기 있었습니까?"

저도 모르게 격앙된 연후의 음성.

그만큼이나 그 이름은 연후에게 특별했다.

몇 년의 세월을 훌쩍 넘어 듣게 된 그 이름은 단지 듣는 것만으로도 연후의 입가에 미소를 짓게 만드는 것이었다.

그런 연후의 미소가 어찌나 환한지 암천의 머릿속은 또다시 복잡한 생각들로 넘쳐 났다.

'허허, 하긴 진짜 인간이 아닌 건 바로 혁 공자였지. 이 친구야! 자네나 소가주는 사람이기라도 하지…… 아! 모르겠다. 결국 친구들끼리 이놈의 세상 지지고 볶고 알아서 하겠지. 어차피 서로 싸울 일도 없을 터인데, 난 뭘 걱정하는 거야.'

第三章

무산애사(巫山愛事)

"사 공자님! 여기 안 계신 거예요? 제발 여기 계시면……!"

은서린, 그녀의 목소리가 조금씩 커져 갔으나 그렇다고 사다인이 그녀 앞에 모습을 드러낼 상황은 아니었다.

'다른 인간들은 대체 뭐하고 있는 거야?'

사다인의 이마로 내천자[川]가 더욱 선명해지는 순간이었다.

조금 전 그가 적들을 유인하기 위해 나암봉에 위로 떨어뜨린 낙뢰는 뇌신의 힘 중 삼뢰인(三雷刃)이라는 것이었다.

하늘과 땅 그리고 자신의 몸 안에 내재된 각기 다른 성질의 뇌기를 한 점으로 모아 충돌시키는 강력한 절기가 바로 삼뢰인으로 무곡에 있는 이들 역시 그로 인해 생겨난 거대한 낙뢰를 목격했을 것이 분명할 터였다.

그렇다고 해도 무곡에서 이곳까지 도달하기엔 너무 이른 시간이었다.

하면 은서린 그녀가 그 이전부터 이미 무곡 밖으로 나와 있었다는 이야기였다.

그녀의 말처럼 이전부터 자신을 찾아 여기저기 헤매고 있었음을 짐작할 수 있었고, 그런 상황이 사다인으로서 더없이 난감하기만 했다.

막말로 같이 잠을 잔 것도 아니고 그저 피치 못할 상황에 알몸 한 번 본 것이 무에 대수겠는가?

물론 고의 하나만 걸치고 살아가는 것이 일상인 남만과 이곳 중원의 풍습이 다르다는 것은 잘 알고 있지만 그렇다고 그저 그 일 하나 때문에 그녀와 더 이상 엮이고 싶은 마음은 전혀 없었다.

하니 사다인이 당장 할 수 있는 일이란 그저 무곡 쪽에서 빨리 누군가가 나와 그녀를 데려가 주길 바랄 뿐이었다.

그나마 적들이 있는 신녀봉보다 훨씬 가까운 곳이 무곡이니 잘만하면 별 탈 없이 끝날 수도 있다는 생각이었다.

물론 그것은 사다인의 바람일 뿐이었다.

잠시 뒤 상황은 예상하지 못했던 최악의 방향으로 흘러가기 시작했다.

벌써 맞은편 봉우리 쪽에 사람이 나타난 것이 느껴졌다.

매복이나 암습을 걱정하며 조심스럽게 이동할 것이라는 사다인의 예상과 달리 그들은 잔뜩 독이 오른 기세를 풍기며 나암봉 쪽을 향해 거침없이 밀려들고 있었다.

오밤중인지라 그런 그들의 모습이 보이는 것은 아니었지만 바람을 타고 전해지는 체향과 땀 냄새만으로도 그들의 적의와 분노를 충분히 감지할 수 있는 사다인이었다.

그런 적들의 체향이 강렬해지는 속도로 보아 여전히 암습을 걱정하지 않고 있음이 분명하니 그만큼이나 강한 이들이란 뜻이었다.

그나마 다행인 것은 아직까진 청각이나 시각으로 잡아챌 수 있는 거리까지의 여유가 남았다는 것 정도였다.

그래 봐야 나암봉까지 채 반 각이나 될까 말까 한 시간이 남았을 뿐.

그 사이 무곡에서 누군가 나와 은서린을 데려가지 않는다면 그녀와 적들이 꼼짝없이 마주칠 수밖에 없는 상황에 놓이게 된 것이다.

게다가 자칫 이곳으로 몰려드는 이들과 무곡 사람들이 정면으로 마주치게 될지도 모른다는 생각마저 들었다.

사다인의 얼굴이 더욱더 일그러졌다.

'전생의 악연이란 게 이런 거구나!'

사다인은 하는 수 없이 은신을 풀 수밖에 없었다.

반 각의 거리라면 저들에게 기척을 감지당할 수도 있는 일이기에 더욱 마음이 급해졌다.

그는 노송의 뿌리를 들추고 재빠르게 암벽을 타올랐다.

일말의 망설임도 없이 나암봉의 정상까지 치솟은 사다인이 한순간도 주저하지 않고 은서린의 등 뒤로 떨어져 내렸다.

여전히 사방을 두리번거리던 그녀였지만 정작 사다인이 등 뒤에 내려서고야 인기척을 느끼고 몸을 떨었다.

그 뒤 다짜고짜 가슴에 안고 있던 검부터 빼 드는 은서린.

하나 그녀는 발검을 할 수 없었다.

어느새 사다인의 손이 그녀의 손목을 우악스럽게 붙잡았기 때문이었다.

엄청난 악력에서 오는 고통에다 정체 모를 적의 기습이 더해지자 당황한 그녀가 비명을 내지르려 했다.

"아악!"

이를 두고 볼 수 없음이 당연했다.

여기서 소릴 내질렀다간 은신을 통한 기습은 물론 자칫 도주마저 힘겨운 상황에 직면할 수도 있는 일.

사다인의 오른손이 검을 쥔 그녀의 손을 붙잡고 연이어 왼손이 그녀의 입을 꽉 틀어막았다.

그러다 보니 자연스레 그녀를 뒤쪽에서 끌어안은 모습이 되었는데 그제야 은서린도 자신을 붙잡은 사내의 손길이 익숙함을 깨달았다.

새어 나오던 비명을 참아 낸 은서린이 천천히 고개를 돌렸다.

무섭도록 화난 표정을 짓고 있는 사다인과 마주친 그녀의 눈.

순간 은서린의 눈가가 급격히 떨리더니 이내 그 눈동자에서 눈물이 주르륵 흘러내렸다.

'뭐, 뭐야?'

느닷없는 그녀의 눈물에 당황한 사다인이 저도 모르게 흠칫거리는 순간이었다.

한데 또다시 예기치 않은 일이 벌어졌다.

양손에 붙잡혀 있던 그녀가 몸을 뒤틀어 사다인을 마주 보더니 와락 그 품 안으로 안겨 들어 버린 것이다.

황당함에 잠시간 멍해진 사다인.

"걱정했어요. 정말로 걱정했단 말이에요."

어찌나 세게 껴안았는지 갈비뼈가 욱신거릴 정도의 힘이 그녀의 손끝에서 느껴져 왔다.

또한 떨림 가득한 그녀의 음성과 함께 그 마음마저 충분히 전해지는 느낌이었다.

정말로 대책 없는 여인이고 온통 짜증만 치솟게 하던 여인임이 분명했지만 이 느닷없는 상황과 느껴지는 그녀의 진심은 묘한 기분을 일으키기에 충분했다.

사다인 역시 사내로서 가장 혈기방장한 때임이 당연하니 그녀의 떨림에서 느껴지는 마음이 그저 싫지만은 않은 것이다.

그렇다고 뭐 그 일 하나로 특별한 감정이 생긴 것은 절대 아니었다.

그저 다짜고짜 한 대 후려치고 싶었던 짜증과 울화가 사라졌다는 정도일 뿐, 하니 당장은 그녀의 투정 따윌 받아 주고 있을 상황이 아니었다.

사다인이 빠르게 주변을 살폈다.

삼뢰인이 떨어져 내린 나암봉의 정상은 폐허나 다름없었다.

그런 사다인은 더욱 심각한 얼굴이 되었다.

널브러진 돌가루와 그 잔해들 때문에 무곡 쪽으로 향

하자면 그 흔적마저 지우기가 쉽지 않음을 깨달은 것이다.

그렇다고 반대쪽으로 이동하자니 몰려드는 적들과 더불어 은서린의 존재가 더욱 부담스럽게 여겨졌다.

결국 마음을 다잡은 사다인은 품에 안겨 있는 그녀를 번쩍 들어 올렸다.

"아앗!"

당황한 그녀의 입에서 나직한 비음이 흘러나왔지만 사다인은 더욱 싸늘히 응대했다.

"입 다물어!"

너무나 차가운 음성이었으나 그녀는 전혀 상황을 파악하지 못한 듯 보였다.

"대체 절 어쩌시려고……."

무슨 생각을 하는지 얼굴까지 붉게 달아오른 그녀가 수줍은 표정으로 사다인의 가슴에 얼굴을 묻었다.

정말로 어처구니가 없는 사다인이었지만 더 이상 실랑이를 하고 있을 여유는 없었다.

그녀를 안은 채 몸을 날린 사다인은 다시금 노송의 뿌리 아래 만들어 놓은 암벽의 틈 앞에 도달했다.

그리곤 우악스럽게 그녀를 그 틈새로 밀어 넣었다.

사다인에겐 비좁던 공간이었지만 은서린에겐 제법 여

유가 있을 정도로 암벽의 틈새는 넉넉했다.

그렇다고 움직일 여유 같은 것이 있을 정도는 아니고 그녀는 흡사 돌로 만든 석관 안에 처박힌 듯한 모습이 되어 버렸다.

잔뜩 겁먹은 눈으로 사다인을 바라보는 은서린.

"죽었다고 생각하고 처박혀 있어. 숨소리도 내지 말고."

맹수의 숨결처럼 나직하게 들려오는 사다인의 목소리에 은서린은 그저 몇 번이고 고개를 끄덕이는 것으로 답을 대신할 수밖에 없었다.

그녀 또한 사다인의 눈빛과 분위기에 압도되어 버린 것이다.

그제야 사다인도 조금은 안심한 표정으로 들추고 있던 노송의 가지와 뿌리로 다시 암벽의 틈새를 가렸다.

그렇게 밖에 나와서 확인하니 은신처는 생각보다도 훨씬 훌륭했다. 누구라도 그 안에 사람이 있을 것이라곤 생각할 수 없을 정도로.

'젠장! 이 미련퉁이 계집 때문에!'

내심 쓴소리를 씹어 삼켰지만 이미 틀어진 일이었다.

자신 혼자 있기에도 비좁은 틈에 둘이 함께 있을 수는 없었다.

이미 오늘의 계획은 물 건너갔으니 우선 적들을 따돌릴 방법을 찾아야 할 때였다.

다시 생각해도 비파봉이나 무곡 쪽으로 향할 순 없는 일, 하니 방법은 정면 서편 봉우리를 돌파해 나아가는 것뿐이었다.

그리되자 적어도 화산파의 인물들만은 응징하려 했던 애초의 계획마저 완전히 틀어져 버렸다.

이제 남은 것은 그저 도주로로 확보해 두었던 곳까지 적들을 제거하며 정면 돌파를 감행하는 것뿐.

혹여 추적자들이 따라붙는다 해도 목적지인 구암봉까지만 가면 무산을 벗어나는 일은 여반장이었다.

넝쿨을 이어 만들어 놓은 가교들만 끊어 버린다면 절대로 뒤를 내줄 수 없는 곳을 도주로로 택해 놓았기 때문이었다.

결국 일부러라도 추적자들을 그곳까지 따라붙게 해야 그녀의 안전이 확보되는 것이니 이제 어쩔 수 없다는 생각이었다.

그렇지 않으면 자칫 무곡 사람들마저 저들에게 노출될 수 있으니 달리 선택의 여지가 없는 것이다.

그렇게 결정한 사다인이 막 행동을 개시하려는 순간이었다.

사다인이 흠칫하며 황급히 고개를 돌렸다.

뒤편 나암봉 쪽에서 갑작스레 들려오기 시작한 희미한 파공성 때문이었다.

흡사 화살이 쏟아지는 듯한 소리였다.

사람이 내달리며 내는 소리라곤 믿을 수 없을 정도로 빠른 소리!

그 정체가 누군지는 알 수 없으나 그 빠름만으로도 그가 이제껏 상대했던 이와는 차원이 다른 고수임을 직감할 수 있었다.

그런 정도의 인물에게 뒤를 잡혔다간 결코 좋을 꼴을 볼 수 없다는 생각에 도주하는 것보다 먼저 죽여야 할 적이라는 판단을 내렸다.

일이 또 한 번 틀어지는 것을 느꼈지만 이 또한 어쩔 수가 없었다.

저런 정도의 고수를 남겨 두고 도망간다면 암벽 틈새에 은신한 은서린의 존재가 발각될 가능성이 높기 때문이었다.

'할 수 없구나! 그렇다면!'

사다인의 눈빛이 다시금 맹수의 그것처럼 날카롭게 변했다.

선택의 여지가 없다면 최선의 장소에서 싸우는 것이

당연한 일.

결심을 굳힌 사다인이 엄청난 속도로 산정을 향해 날 아오는 이를 향해 몸을 움직이려 했다.

한데 그 순간이었다.

"끼악!"

노송 아래 암벽 틈에서 그녀의 느닷없는 비명이 터져 나온 것이다.

"이건 또 뭐야!"

도저히 참을 수 없는 분노가 치솟아 올랐다.

이런 다급한 상황에 터진 은서린의 비명, 이 정도 소리라면 맞은편 봉우리의 적들마저 듣지 못했을 리 없었다.

사다인은 더욱 흉포해진 얼굴로 와락 나무뿌리를 들쳐냈다.

어찌나 화가 났는지 그 눈빛만으로도 사람을 죽일 것 같은 모습이었다.

은서린이 그런 사다인을 보며 바들바들 떨었다.

"버, 벌레가! 너무 많이 기어 다녀서……."

변명이라고 내뱉는 그녀의 말에 어처구니가 없었다.

확실히 그녀의 목 언저리에 손가락만 한 지네 한 마리가 기어 다니는 것이 보이긴 했다.

게다가 두 팔을 움직이지 못하는 그녀로선 어쩔 수가

없이 그걸 지켜봐야만 하는 상황이었고.

그렇다고 사다인의 화가 풀릴 수는 없었다.

정말로 상황 파악이 이렇게나 안 되는 여인이 있는지 모르겠단 얼굴이었다.

대체 지네 따위가 뭐라고 죽을 것 같은 표정을 짓고 있는지 이해할 수가 없었다.

사다인이 손을 뻗어 그녀의 목 언저리에서 얼굴로 기어 올라가는 지네를 낚아챘다.

살려고 손안에서 발버둥치는 그놈을 그녀의 면전에서 그대로 씹어 먹어 버리는 사다인.

와득!

지네의 몸통이 씹히는 소리와 그런 사다인의 모습에 소름이 끼쳐 버린 은서린은 완전히 얼이 빠져 버린 얼굴이었다.

"잘 들어. 네년 하나 때문에 단목세가 사람들 모두가 위험해질 수도 있어. 아니, 이미 위험해졌어. 하니 그냥 죽었다고 생각하고 여기 처박혀 있으란 말이다. 알았나?"

분노를 가감 없이 담아낸 사다인의 음성에 그녀는 그저 겁먹은 표정으로 몇 번이나 고개를 끄덕여야 했다.

그렇다고 단지 사다인이 무서워서만 그러는 것은 아니었다.

그녀 역시 아주 바보는 아닌지라 사다인의 얼굴이 전과 달리 너무나 급박해 보임을 느꼈기 때문이었다.

그리고 그 순간 사다인의 얼굴이 다급하게 위쪽으로 향했다.

조금 전 화살처럼 내달려온 정체 모를 상대가 어느새 나암봉의 위편에서 자신을 내려다보고 있었던 것이다.

순간 사다인의 눈가에 나직한 안도의 빛이 흘렀다.

나암봉 정상에 나타난 낯익은 노인의 모습을 확인했기 때문이었다.

"사다인 공자! 날세."

만리표객이란 별호를 지녔으며 이제껏 본 중원인들 중 연후를 제외하곤 가장 빠른 발을 가진 노인이 나타난 것이다.

그가 자신을 드러내며 정체를 밝혔지만 상황이 아직 여유로운 것만은 아니었다.

천행으로 나타난 이가 무곡 사람이라고는 하지만 그렇다고 구겨진 얼굴이 펴질 정도로 여유로운 상황은 아닌 것이다.

사실 예상했던 것 중 가장 최악의 상황에 직면할 수도 있다는 생각 때문이었다.

무산을 둘러싼 적들과 단목세가 가신들의 조우, 그것만

은 어떻게 해서라도 반드시 막아야 하는 일이었다.

이를 위해 그간 해 왔던 무수한 일들이 자칫 헛고생이 되어 버릴 지경에 놓였으니 사다인의 심사가 뒤틀리는 것은 어쩔 수가 없었다.

그나마 다행스럽게도 만리표객이란 노인 역시 상황을 정확히 인지하고 있는 듯했다.

"지금 다가서는 이들 중 화산신검이 있네! 하면 매화검수들과 장로들도 있을 것이고……."

만리표객의 나직한 음성에 사다인은 꽤나 놀라는 기색을 그대로 내비쳤다.

지금 이곳으로 날아드는 이들의 실력이 심상치 않다는 것이야 이미 짐작하고 있었지만 그중 화산신검이라는 이가 있을 것이라곤 상상치 못했던 것이다.

사다인 또한 모르지 않는 이름이었다.

도성이라 칭송받는 무당의 무암 진인이 천하제일인으로 불리기 시작한 후로 천하제일검이란 칭호가 전해졌다는 인물이 바로 화산파의 장문인이자 화산신검이라 불리는 이였다.

어린 시절부터 중원의 강자들에 대한 이야기만큼은 결코 흘려듣지 않았기에 그 이름이 정사휘라는 것마저 잘 알고 있었다.

한데 무려 신검(神劍)이란 무명이 붙은 것과는 달리 여태 그 제자들이 죽어 나가는데도 코빼기조차 내비치지 않던 이가 바로 화산파의 장문인이란 자였는데 그가 이제 곧 자신의 눈앞에 나타난다는 것이다.

그런 사실을 알자 전사로서의 피가 들끓는 느낌이었다.

물론 두려움 따윈 티끌만큼도 없었다.

오히려 입가에 희미한 미소마저 그려졌다. 전신에선 투기가 일렁였으며 그 안광은 더없이 흉포한 포식자의 눈처럼 번들거리기 시작했다.

이미 암왕이라는 또 다른 천중십좌의 한 명을 먹어 치웠던 절대의 포식자, 사다인의 눈은 그런 맹수의 눈이었다.

한데 만리표객이 예기치 못한 말을 꺼냈다.

"싸우고 싶은가 보구려."

사다인이 고개를 살짝 쳐들어 만리표객의 얼굴을 바라보았다.

당연한 것을 왜 묻는가 하는 표정이 고스란히 담긴 얼굴이었다.

"그 마음은 알겠지만 우리를 봐서라도 참아 주면 아니 되겠는가?"

연이어진 만리표객의 말에 사다인의 눈매가 다시금 잔

뚝 일그러졌다.

당신들의 적을 없애 주겠다는데 뭐가 문제인가 하는 의문이 그대로 드러난 표정이었다.

"그는 화산의 장문인일세. 그가 무슨 일을 당한다면 구 대문파 모두를 적으로 돌려야 한단 말일세. 지금의 단목 세가로선 오수련 하나만 감내하기에도 버거운 실정일세. 하물며 저들까지 적으로 돌리고선 도저히 회생의 가능성 이 없다고……."

"그만!"

만리표객의 말을 중도에 끊어 버린 사다인이 곱지 않 은 시선으로 그를 노려보았다.

무슨 뜻인지 충분히 알아들었으니 더 이상 말하지 말 라는 뜻이었다.

사실 사다인의 입장에선 은서린이나 만리표객 모두 짜 증을 솟게 하는 존재들일 수밖에 없었다.

그냥 절벽 아래 쥐 죽은 듯이 숨어 있었으면 가장 맛있 는 먹잇감을 먹어 치웠을 수도 있었다.

한데 그들이 괜히 이곳까지 기어 올라와서 모든 상황 을 복잡하게 만들어 놓았으니 당연한 듯 화가 날 수밖에 없었다.

그렇다고 해도 그들은 의제 단목강의 식솔이나 다름없

는 이들이었다.

그런 의제의 가문 단목세가의 미래가 달렸다는 그 말을 그저 외면할 수도 없는 일이었다.

"그래서 뭘 어째달라는 것이오?"

곱지 못한 사다인의 음성에도 불구하고 만리표객은 정중한 태도를 잃지 않았다.

"이 늙은이가 저들을 따돌릴 터이니 부디 린아를 부탁하외다."

"……!"

"시간이 없구려. 그럼 부탁하외다."

만리표객은 대답도 기다리지 않고 사다인을 뛰어넘어 맞은편 봉우리 아래쪽으로 사라졌다.

사다인이 뭐라고 반응도 하기 전에 벌어진 일이었다.

참으로 황당하다고 할 수밖에 없었다.

잔뜩 일그러진 사다인의 얼굴이 더욱 굳어졌다.

자칫 노인에게 무슨 일이라도 생긴다면 그 또한 빚이 될 수 있는 일.

그런 사다인의 귓가로 사라진 노인의 음성이 들려왔다.

"신검이 검으로 으뜸이라면, 노부의 두 다리 또한 그리 불릴 만하니 이 늙은이 걱정은 마시게나."

이미 모습마저 완전히 사라져 버린 만리표객, 사다인의

일그러진 눈매가 맞은편 봉우리 쪽으로 고정될 수밖에 없는 순간이었다.

잠시 뒤 그 어름에서 번쩍이는 백색 광영이 한 차례 발해지는 것을 목도했다.

연이어 거목들이 우수수 쓸려 나가는 소리가 들려오니 사다인의 눈빛이 더없이 날카롭게 변해 갔다.

일순간 두 주먹을 꽉 움켜쥔 사다인, 전방에서 느껴지는 기세나 기운들이 예상보다 훨씬 강하다는 것을 깨달았기 때문이었다.

그 와중에도 만리표객의 체향이 빠르게 반대편 능선으로 이동하는 것이 느껴졌다.

한눈에도 그가 적들을 유인하는 것임을 알 수 있는 상황, 또한 화산신검으로 짐작되는 이가 그 뒤를 쫓는 것까지 느낄 수 있었다.

사다인의 얼굴에는 진한 아쉬움이 더해질 수밖에 없었다.

어찌 되었든 중원 무학의 최정점에 이른 인물 중 하나를 직접 마주하지 못했다는 아쉬움이 고스란히 드러난 것이다.

하나 오늘이 아니라도 다시 만날 기회는 얼마든지 있을 터, 이미 적이 되어 버린 이들이니 언젠가 다시 마주하게 될 것임을 확신했다.

지금 당장은 암벽의 틈새에서 잔뜩 겁먹을 얼굴을 하고 있는 은서린을 무곡에 데려다 주는 것이 먼저인 상황이었다.

한데 그 또한 쉽지 않은 일이 되어 버렸다.

때마침 맞은편 봉우리에 나타난 이십여 명에 달하는 도사들이 앞뒤 가릴 것 없이 나암봉을 향해 날아들고 있었기 때문이다.

화산신검보다 한 발 늦게 그곳에 이른 탓인지 만리표객과 그 뒤를 따라간 신검이 어느 방향으로 사라진 것인지 제대로 파악치 못한 것이다.

다만 그들은 그저 싸움이 벌어진 소릴 들었으니 본래의 목적지인 나암봉을 향해 미친 듯이 신형을 날릴 뿐인 것이다.

'젠장!'

혼자라면 몰라도 경공조차 제대로 쓰지 못하는 은서린을 데리고 움직였다간 자칫 무곡의 위치마저 발각될 수 있었다.

황급히 노송의 뿌리를 들고 암벽의 틈으로 몸을 숨기는 사다인.

"후읍!"

당황하여 나직한 비명을 지르려는 은서리의 입을 거칠게 막은 사다인의 몸이 그녀와 한 몸이라도 된 듯 바짝 밀착되었다.

혼자 있기에도 비좁은 틈새에 둘이 숨어들었으니 갑갑한 것은 당연한 일, 또한 눈썰미가 조금이라도 있는 이들이라면 쉽사리 발각될 수 있는 은신처가 되어 버렸으니 기척을 죽이지 않으면 더욱 위험한 상황이 벌어질 수도 있었다.

그나마 저들이 주변을 살필 경황이 없다는 것과 칠흑 같은 어둠이 깔린 상황이라는 것만이 사다인에게 한 줄기 위안이었다.

어찌 되었든 저들을 뒤따라 더 많은 이들이 몰려들 것이 뻔하니 언제까지 마냥 암벽 틈새에 몸을 숨기고 있을 수도 없는 상황이었다.

단번에 선두에 몰려드는 이들을 몰살시킨 다음 이 정신없는 계집을 데리고 무곡과 반대편으로 도주해야만 하는 상황이 되어 가고 있었다.

그런 것을 아는지 모르는지 얼굴이 벌겋게 달아올라 있는 은서린을 코앞에서 마주 보아야만 하는 사다인의 고개가 갸웃거렸다.

어째 내뱉는 그녀의 호흡마저 조금씩 달뜨는 것이 느

꺼지는 것이다.

그도 그럴 것이 옴짝달싹할 수 없는 틈새에서 두 사람은 온몸이 하나처럼 밀착되어 있는 상황이었다.

더구나 사위를 전혀 구분키 어려울 정도로 시꺼멓고 비좁은 공간에 있는 두 사람이었다.

사다인이야 상황을 파악하고 있다지만 은서린이야 주변 상황보다 급작스럽게 밀착된 사다인의 탄탄한 몸에 절로 부끄러운 반응이 일고 있는 것이다.

그러자 결국 묘하게 거칠어진 그녀의 숨결이 어디로 새어 나가지 못하고 사다인의 얼굴로 계속 뿜어지게 되었다.

그걸 계속해서 마주하고 있는 사다인으로서 어쩔 수가 없었다.

건장한 사내라면 당연히 일어나는 신체의 변화.

불끈!

하물에 힘이 잔뜩 들어가는 상황이었으나 그걸 단번에 제어하지 못한 사다인이었다.

'젠장!'

내심 울화가 치밀었으나 은서린은 달랐다.

아래쪽에 무언가 딱딱한 것이 와 닿은 것을 느낀 그녀는 숨결마저 점점 더 거칠어지고 있었던 것이다.

그것이 다시 사다인의 감각을 더욱 자극했고.

하나 이 모든 상황을 도저히 어찌해 볼 수 없는 사다인이었다.

그러다 어쩔 수 없이 마주치게 된 은서린의 눈빛은 흡사 겁먹은 사슴의 눈망울처럼 크고 맑게 흔들리고 있었다.

그리고 흘러나오는 은서린의 들릴 듯 말 듯한 음성.

"음…… 적! 이런 곳에서…… 처음은 싫은데……."

말은 그렇게 하면서도 묘하게 달떠 있는 듯한 그녀의 숨결마저 사다인에게 모두가 더없이 고통스러운 시간이었다.

第四章

여인들

연후는 암천과 만난 후 곧바로 장원을 떠나야 했다.

그곳에 단목강의 모친과 누이가 머물고 있음을 알게
되었으니 오래 머물 수가 없는 일이었다.

그녀들 역시 아직 역모의 죄를 벗지 못하고 관부에 수
배되어 있는 몸, 가뜩이나 조정의 시선이 자신에게 쏠려
있는 상황이니 그곳에 들렀다는 것만으로도 자칫 두 사람
에게 화가 미칠 수 있다는 생각이었다.

하여 암천으로부터 지난 시간의 일과 지금 단목강과
무린의 행보를 짧게 전해 듣는 것을 끝으로 연후는 훗날
을 기약했다.

그리곤 곧바로 북경을 벗어나 매화촌으로 이동했다.

일단은 이장되었다는 조부의 무덤 앞을 찾아 제를 지내야 하는 것이 당연한 도리이니 다른 일을 떠나 그것을 향하는 것이다.

과거엔 마차를 타고 반나절이나 걸렸던 길이었다.

또한 중살이란 이들을 피해 눈발을 헤치며 도주해야 했던 그때에는 그토록 까마득하게만 느껴졌던 그 길이 이토록 짧았나 하는 생각과 함께 한 줄기 회한이 밀려들었다.

지금의 능력이라면 이 길에서 조부를 잃지 않았을 것이라는 생각, 그런 마음은 그동안 억눌러 왔던 분노의 감정들을 새삼스레 분출시켰다.

그것은 순수한 분노였다.

그런 연후의 분노는 매화촌이 가까워지면 가까워질수록 점점 더 크게 자라나기 시작했다.

그렇게 매화촌으로 입구로 들어가는 자그마한 언덕을 넘은 연후의 분노는 눈앞에 펼쳐진 정경을 바라본 순간 거짓말처럼 사라졌다.

초여름이 다가서는 무렵이니 흐드러진 매화향을 맡을 수는 없었다. 하나 눈으로 들어오는 매화촌의 모습은 과거의 기억 속 그것과 전혀 달라진 것이 없어 보였다.

생존자가 전혀 없다는 마을의 모습뿐 아니라 심지어

폐허가 되었을 것이라고 짐작했던 유가장의 장원마저 연후가 살았던 그때의 그 기억 속 모습과 전혀 달라지지 않은 것이다.

그러면서도 도저히 이해가 가지 않는 것은 한눈에도 사람의 흔적이 전혀 없다는 것이 느껴진다는 것이었다.

굳이 기감을 끌어올리지 않아도 마을에 사람이 없다는 것은 확연히 드러났다.

이는 외부의 누군가가 마을은 물론 유가장을 꾸준히 관리해 왔다는 말이니 연후의 입장에선 의아하지 않을 수 없는 것이었다.

대놓고 누구 하나 말을 꺼내지 못하지만 이 참화에 태공공이 개입되어 있음은 자금성의 문지기조차 아는 일일 터였다.

한데 그런 태공공의 서슬 퍼런 시선을 피해 이곳 매화 촌과 유가장의 장원을 살폈다는 것은 그 하나만으로도 크나 큰 위험을 감수해야 할 일이 틀림없었다.

한데 그것을 여태껏 해 온 이가 있다니 누군지 모를 그에게 깊은 감사의 마음이 이는 것이 어쩔 수 없는 연후의 성정이었다.

실상 이 모든 것은 자운 공주가 힘을 쓴 일이었다.

유한승의 가묘를 이장한 것 역시 연후의 지레짐작과는

달리 단목강이 아닌 자운 공주가 먼저 나서서 행한 일인 것이다.

그녀에게도 유한승은 스승이었고, 사사로이 자신의 시가 어른이 될 수 있는 존재였다.

하니 유가장과 매화촌에 봉명궁의 하인들을 주기적으로 보내 돌봐 오고 있었던 것이다.

그러한 자운 공주의 행보에는 뚜렷한 명분이 있기에 태공공 역시 그 일만은 대놓고 방해할 수 없었던 것이다.

그러한 저간의 사정을 전혀 모르는 연후는 그저 정체 모를 누군가에게 감사한 마음을 지닌 채 인적이 없어 고즈넉한 분위기만 가득한 매화촌을 천천히 가로질렀다.

우선 조부의 묘가 있다는 선산으로 가기 위해 발걸음을 옮기는 연후, 그런 연후의 걸음이 유가장의 지척에 이른 순간 잠시 멈칫거릴 수밖에 없었다.

멀쩡한 장원 안쪽의 모습이 궁금한 것이 사실이었으나 그보다는 우선 조부의 묘를 먼저 찾는 것이 도리란 생각에 그저 유가장을 지나치려 했었다.

한데 예기치 않게 유가장 안쪽에서 사람의 기척이 들려왔으니 연후의 걸음이 멈춘 것은 당연한 일이었다.

연후는 일말의 망설임도 없이 유가장의 문을 열어젖혔다.

자신이 살아온 집이었다.

문설주 하나에도 조부에 대한 추억이 묻어 있는 자신의 집, 그런 자기 집에 들어서며 망설일 이유가 어디 있겠는가.

거칠게 열어젖힌 장원의 대문, 그리고 그 안으로 성큼 들어선 연후가 대전이라 할 수 있는 대학당 앞에서 마주치게 된 이는 전혀 예기치 못한 존재였다.

"아! 당 소저가 왜 여기에?"

연후의 음성은 당황함을 쉬 지우지 못했다.

"황성에서의 볼 일은 이제 끝나신 건가요?"

오랜 지기라도 되는 양, 그도 아니면 연인이라도 되는 양 입가에 환한 미소를 짓고 있는 여인은 사천당가의 여인 당예예였다.

"소저께서 왜 여기 계십니까?"

그녀의 반가운 기색에도 불구하고 연후의 표정은 처음의 당혹스러움을 많이 지워 낸 후 냉랭한 음성으로 변해 있었다.

그간의 경험으로 연후 역시 강호의 일을 아주 모르지 않았다.

특히 섬서에선 하오문이란 정보 세력의 힘을 직접 겪어 보기까지 했다.

하니 당가의 여식인 그녀가 그러한 정보 조직을 통해 자신을 찾아낸 것은 어쩌면 매우 쉬운 일일 수도 있다는 생각이 들었다.

유가장의 멸문과 참화 그리고 이곳의 위치라는 것이야 왠만큼 나이 먹은 북경의 유생 하나만 붙잡고 물어도 알 일인 것이다.

하니 중요한 것은 그녀가 어떻게 이곳을 찾았는지가 아니라 왜 이곳에 있느냐 하는 것이다.

게다가 그녀와의 연은 선연인지 혹은 악연인지도 쉬 구분키 힘들었기 때문이다.

북경으로 오는 와중에 우연히 한 배에 타게 되었고, 그러다 헤어진 후 다시 대별산의 산채에서 또다시 만나게 되었다.

그 와중에 그녀의 조모라는 무시무시한 여인과 겨루었고 또 그녀의 조모는 부친 유기문의 일수에 제압당한 채 납치인지 구금인지 모를 상태에 처하게 되었다.

그나마 다행인 것은 살아남은 무당파의 도인들과 그녀를 무탈하게 보내 준 부친의 태도였다.

만일 그때 연후가 그곳에 있지 않았다면 분명 그녀 역시 무사하지 못했을 것이다.

더구나 무당파 도사들은 틀림없이 부친의 잔혹한 손속

을 피하지 못했을 것이다.

그들 역시나 제자들을 구한다는 명분이 있었지만 그 과정에서 부친의 사람들이 많이 죽었으니 부친의 분노를 피할 길이 없었다.

물론 부친의 사람들이야 산적들이었으니 그 상황만 놓고 본다면 무당파 도인들에게 죽어 마땅한 것으로 보이기도 했다.

하나 또다시 그 사정을 들여다보면 조정에서 내린, 아마도 역시나 환관 세력들이 벌인 수작이겠지만 터무니없는 전매권 때문에 무명과 호두 같은 것들이 전혀 유통되지 않고 있었다.

호북 땅에서 무명과 호두는 그나마 살아갈 여력이 있는 민초들의 생명 줄이나 다름없는 것들이었다.

그것을 소금이니 금은처럼 전매권을 내려 유통에 대한 권리를 거대 상단에 일임해 버렸으니 그 과정에서 죽어 나가는 것은 역시나 민초들뿐이었다.

그런 민초들을 대신해 관부를 습격하여 무명을 훔친 이들이 바로 부친을 따르는 도적들이었다.

사정이 그러하니 그 도적들이 정말로 죽을 만큼의 죄인인가 하는 것에 대한 답은 연후 역시 도저히 내릴 수가 없었다.

그렇게 그곳 대별산에서 만난 이들은 모두 저마다의 이유가 있었다.

부친은 부친대로, 또한 무당은 무당 나름대로.

마찬가지로 눈앞에 다시 만나게 된 여인 당예예 역시 그녀만의 명분이 있음을 잘 알고 있었다.

실상 그녀와 조모가 찾던 적은 암왕 당이종을 죽인 흑면수라였다.

어찌어찌 하다 보니 그 흑면수라가 이제는 벽마가 되었고 그가 바로 자신의 지기인 사다인이었다.

또한 그런 사다인과 더불어 검마라 불리며 또한 한데 묶여 신주쌍마란 어마어마한 별호를 얻게 되어 버린 연후였지만 그 과정을 다시 돌이켜 보아도 후회는 없었다.

그때는 그 상황에서 할 수 있는 최선을 다했던 것뿐이었다.

그렇다고 해도 결과는 받아들일 수밖에 없었다.

결국 그녀와는 악연이 될 수밖에 없었다.

그녀에겐 불공대천의 원수인 사다인이 자신의 둘도 없는 친구이기 때문이었다.

이는 아무리 대별산에서 자신 덕에 그녀가 무사했다고 해도 이미 지난 일이기에 결코 돌이킬 수 없는 부분이기도 했다.

그렇기에 이렇게 다시 만나는 것이 반갑지 않을 수밖에 없는 것이다.

더군다나 그녀의 조모가 어떤 이유인지 몰라도 부친에게 구금되어 있는 상황이니 그녀를 대하는 것이 더더욱 불편할 수밖에 없는 것이다.

"훗! 표정이 솔직하시네요. 그래도 조금쯤은 반가워해 줄 것이라고 기대했는데……."

다시금 흘러나오는 당예예의 음성에도 불구하고 연후의 굳은 얼굴은 쉬 펴지지 않았다.

사실 이곳은 그녀가 있기에는 너무나 위험한 곳이었다.

연후가 자금성에서 대놓고 자신의 존재를 드러낸 이유 역시 이곳을 자신의 전장으로 만들기 위해서였다.

그걸 위해 북경을 나서는 순간부터 자신의 행적을 고스란히 드러낸 것이다.

어쩜 벌써 중살이란 이들이 움직이기 시작했을 수도 있었다.

아니, 운이 좋다면 태공공 그자가 직접 수하들을 부릴 수도 있는 일이었다.

물론 매화촌이 이렇게 멀쩡한 모습인 줄 알았다면 조금은 망설였을지도 모르겠다는 생각이 들었으나, 그래도 결과는 크게 달라지지 않았을 것이다.

이곳을 전장으로 택한 것엔 연후 나름 그만큼이나 의미가 담긴 일인 것이다.

한데 이곳에 당예예가 있었다.

악연이나 선연을 떠나 자신으로 인해 그녀가 위험해질 수 있다는 사실 하나만으로도 그저 방관할 수 없는 일이었다. 하니 천생 학자로서 자라온 연후가 그것을 용인할 수는 없는 일이었다.

"찾아오신 용건을 알려 주신 후 떠나 주셨으면 합니다. 본 장원은 외인이 함부로 자리할 만큼 가벼운 곳이 아닙니다."

연후의 음성이 자못 딱딱하게 흘러나오자 당예예 역시 조금 놀란 표정이었다.

"어머! 죄송합니다. 그런 뜻은 절대 아니었습니다. 이곳에 사람이 살지 않은 지 오래되었다 해서…… 불편하게 했다면 다시 한 번 사과드립니다."

공손히 머리까지 숙여 오는 당예예, 그쯤 되자 더 이상 그녀를 몰아세우기도 쉽지 않았다.

거기다 그녀의 사과에 진심이 담겨 있음이 느껴지니 그저 냉랭하게 대한다고 일이 끝날 것 같지도 않았다.

어찌 되었든 그녀 역시 다급한 사정이 있음에 자신을 찾았을 터, 연후의 태도도 조금은 누그러들 수밖에 없었다.

"알겠습니다. 한데 이 먼 곳까지 저를 찾으신 이유가 무엇입니까? 전에도 말씀드렸다시피 조모님의 일은 안 되었지만 제 능력으로 어쩔 수 없는 일입니다. 차라리 관에 고변이라도 해 보시지요."

연후의 음성에 당예예가 한참 동안 연후를 멍하니 바라보다 풋 하고 웃음을 터트렸다.

그런 당예예의 모습이 또한 의외인지라 자연스레 연후의 눈살이 찌푸려졌다.

그녀가 갑작스레 웃는 이유를 전혀 짐작할 수 없었기 때문이다.

연후가 정색을 하고 있자 당예예 역시 애써 웃음을 지웠다.

"아! 죄송합니다. 유 공자님의 말씀이……."

"뭐가 그리 우스운 겁니까?"

연후 역시 마냥 성인군자인 것은 아닌지라 그 음성이 곱지 않았다.

그런 연후의 반응이 또 심상치 않은지라 당예예 역시 눈가의 웃음기를 완전히 지웠다.

"아! 죄송합니다. 자꾸 죄송하단 말만 꺼내는군요. 사실 제가 웃은 이유는 유 공자님의 말씀이 너무나 우스웠기 때문입니다."

그녀의 음성 끝이 뾰족하다고 느껴졌다.

그리고 그 내용 역시 대놓고 연후를 면박 주고 있었다.

연후는 더 이상 대꾸하지 않고 그저 눈빛으로 무엇이 그리 우습냐 하는 항의의 뜻을 내비쳤다.

역시나 정색하고 있는 당예예는 망설이지 않고 입을 열었다.

"조모님을 어떤 존재라 여기십니까?"

전혀 예상 밖의 질문이라 어찌 답을 해야 할지 몰라 멍해 있는 연후에게 다시금 당예예의 차가워진 음성들이 이어졌다.

"조모님께서 살심을 품으시면 일만의 군사라 해도 그 앞을 막지 못할 것입니다. 그것이 비록 세상이 비하하는 독으로 이룬 경지라 하나 그분의 능력을 평함에 한 점의 가감도 없음을 자신합니다. 이는 직접 겪으셨으니 결코 허언이 아님을 아실 겁니다."

연후는 그녀의 말을 묵묵히 수긍할 수밖에 없었다.

지난 대별산에서 직접 상대했던 그녀를 떠올리면 일만이 아니라 그 몇 배의 숫자라 해도 과연 막아 낼 수 있을까 하는 생각이 들 정도였다.

숨결 하나마저도 주변의 생기 있는 모든 것들을 고사시키던 가공할 독공.

물론 은신할 곳이 없는 너른 장소에서 끊임없이 화살 같은 것을 쏟아붓는다면 그녀 역시 결국 모든 힘을 소진하기야 하겠지만, 확실히 일반적인 병사들이나 관부의 무인들 기백 정도라면 손쉽게 학살할 수 있으리란 생각이 들었다.

　연후가 그런 생각을 할 때 다시금 당예예의 음성이 이어졌다.

　"유 공자는 어떻습니까? 병사 일만을 상대할 자신이 있으십니까?"

　전혀 뜻하지 않은 질문에 연후는 또다시 잠시간 생각을 정리해야 했다.

　확실히 장담할 수 없지만 아무리 일만에 달하는 병사들이라 해도 그다지 문제될 것은 없다는 생각이었다.

　물론 그들 모두를 베어야 한다면 엄두가 나지 않는 일이지만 그저 한 몸 지키는 일이란 실상 어려울 것이 없다 여겨졌다.

　그 어떠한 상황이라 해도 도망가면 그만이기 때문이다.

　광령을 얻어 무량의 경지를 깨우친 지금의 자신에게 숫자나 혹은 포위라는 개념은 아무런 제약이 되지 않는다는 생각이었다.

　그렇게 생각하니 그녀가 왜 웃었는지 짐작할 수 있었다.

자신이나 그녀의 조모가 이룬 무경이란 것이 그 정도인데 자신의 부친이야 오죽하겠느냐 하는 질책인 것이다.

그런 부친의 일을 관부의 고변하는 것으로 해결하라 진지하게 말했으니 그것이 그녀에겐 황당함을 넘어 실소로 이어진 것이리라.

물론 연후가 그녀에게 관부를 들먹인 것은 고작 병졸들의 힘 따위를 빌리라는 의도는 아니었다.

그녀의 가문이 명망이 자자하다 들었으니 조정의 대신들을 움직여 새로운 역모가 있음을 알리라는 의도였다.

그 대상이 비록 자신의 부친일지라도 상관없다는 말이었다. 이는 자신과 부친이 결코 한편이 아님을 은연중에 드러낸 말이었으며 심정적으로 당신의 처지를 이해한다는 우회적 표현이기도 했던 것이다.

그만큼 자신과 부친의 선을 명확히 그녀에게 보여 주고자 했던 것이었고.

하나 그 말뜻 곧이곧대로 받아들인 그녀의 입장에선 대놓고 비웃거나 면박을 주지 않아 준 것만 해도 다행인 것이다.

"이제 조금은 소녀의 마음을 이해해 주시는 것인지요?"

때마침 들려온 당예예의 음성은 조금 전 냉랭했을 때

와는 또 달랐다.

연후는 자신이 모나게 굴었음을 인정했다.

"소생 또한 과했음을 알겠습니다. 하나 아직은 당 소저가 이곳에 있는 이유를 말씀치 않으셨습니다."

연후의 음성도 어느새 정중하게 변해 있었다.

그러자 당예예는 다시금 환한 미소를 머금었다.

상황과는 달리 연후는 그 웃음이 참으로 화사하다 느끼고 있었다.

"다시 대별산을 찾았지만 결국 아무도 없더군요. 사천으로 돌아갈까 말까 한참을 고민하다 하오문에 들러 본가에 연통을 넣은 뒤 곧장 이곳으로 왔어요. 솔직히 어떻게 해야 할지 몰라서요. 유 공자님 곁에 있는 것이 조금은 더 조모님의 행방을 아는데 도움이 될 것이라 생각입니다. 하니 쫓아내지 않으실 거죠?"

그녀에겐 꽤나 심각한 이야기일 터인데 말하는 표정과 음성만 봐서는 전혀 그런 느낌을 받을 수가 없었다.

오히려 처음 만났을 때의 그 오랜 지기나 혹은 그 이상의 친밀함이 느껴지는 사이에서나 나눌 법한 말투였다.

하지만 받아들이는 연후의 입장이 그럴 수는 없는 노릇이었다.

그녀에게는 안 된 이야기지만 지금의 연후에겐 그녀를

돌본다가거나 곁에 머물게 할 여유 따윈 없었다.

불공대천의 원수인 태공공과 중살의 일을 마무리 짓기 위해 스스로의 행적을 드러낸 지금 그의 곁에 그녀를 둘 이유가 전혀 없는 것이었다.

그토록 보고 싶었던 지기들의 행방을 알게 되었지만 그마저도 외면한 채 매화촌을 찾은 연후의 결심은 결코 흔들릴 성질의 것이었다.

"송구합니다만 당 소저의 뜻을 따를 수 없음을 이해해 주십시오. 남녀가 유별함이 마땅한데 어찌 인적 하나 없는 이곳에서 당 소저와 함께 유할 수 있겠습니까? 이는 불가한 말입니다."

연후는 되도록 냉정함을 가하여 그리 말했지만 당예예 역시 굳게 먹은 마음이 있는지라 결코 물러서지 않았다.

"유 공자께선 저를 여염집 아낙이라 여기십니까? 유 공자께는 턱없이 부족하지만 저 또한 무가의 여식입니다. 저와 같은 강호의 여인들은 범인의 예에 쉬 구속받지 않습니다."

"당 소저께선 참으로 억지를 부리고 계십니다. 강호니 범인이니 하는 구분을 어찌 홀로 하십니까? 제가 제 집에 당 소저를 거하게 하는 것이 불편하니 그저 나가 달라 하는 것인데 거기에 어찌해서 강호가 나오며 범인이 나온다는 말입니까?"

연후 또한 논박이라면 누구에게도 지지 않은 이인지라 거침없이 당예예를 몰아세웠으나 그 순간 당예예는 득의한 표정을 지었다.

"그렇군요. 그럼 소녀는 저 밖에 비어 있는 집들 중 한 곳에 머물겠습니다. 그것마저도 뭐라고 하지 않으시겠지요?"

예상치 못한 말을 내뱉은 그녀는 휘적휘적 연후를 지나쳐 유가장을 나서 버렸다.

순간 당했다는 느낌이 들었으나 그녀를 매화촌 밖으로 나가라 할 마땅한 명분을 찾을 수가 없었다.

처음부터 그녀가 이것을 노리고 있었다는 생각이 들어 아차 싶었지만 이미 내뱉은 말이 있어 그저 남녀의 유별함만을 명분으로 내세울 수가 없게 되어 버렸다.

하는 수 없이 어느 정도는 사실을 꺼내야 할 상황이 되어 버린 것이다.

아무리 자신의 복수가 중요하며 그 일을 은밀히 처리해야 한다 하더라도 자신의 일 때문에 타인이 해를 입는 것을 그저 두고 볼 수만은 없다는 생각이었다.

밖으로 나가는 당예예를 황급히 다시 붙잡는 연후.

"당 소저. 이곳은 위험합니다."

다짜고짜 그녀의 앞을 다시금 막아선 연후의 눈빛은 그 어느 때보다도 진중했다.

그리 오래 알았다고 할 수 없는 여인이지만 그럼에도 그녀가 무척이나 현명하다는 것을 알 수 있었기에 자신의 진심만으로 사정을 알리고자 하는 의도였다.

상대는 유가장은 물론이요, 천하제일세가라던 단목세가마저 멸문시킨 바로 그 세력이었다.

그녀가 아무리 강호의 여인이고 무림세가의 여식이라 해도 자신과 함께 있어 좋은 일이 없다는 것은 틀림없는 일이었다.

그녀 또한 어려움을 알면 물러날 것이란 생각이었다.

하나 그녀의 현명함은 연후의 생각보다 더한 듯 보였다.

"중살을 기다리시나요? 스스로 미끼가 되어?"

그야말로 정곡을 찔렸다는 말로밖에 표현할 수 없는 상황, 그러나 그녀는 한 술을 더 떴다.

"아니면 직접 태공공 그자를 낚으려 하시는 겁니까?"

연이어진 그녀의 말에 연후는 완전히 말문이 막히고 말았다.

그런 연후의 반응에 다시금 그녀는 미소를 지었다.

"강호의 소문이란 거 말이죠. 사실 별거 아닙니다. 다만 요개 생각보다 많이 들어서 그렇죠."

그리 말하면서 손가락으로 엽전 모양을 만드는 당예예, 흡사 이 모든 일을 즐기고 있는 듯한 그녀의 태도에 연후는 쉽사리 입을 열 수가 없었다.

그런 연후를 향해 당예예 쐐기를 박는 듯한 음성을 내뱉었다.

"중살이나 태공공 따위는 제 할머님의 발가락 하나도 감당치 못할 종자들입니다. 그런 할머님을 손에 사정 두어 가며 상대하신 유 공자께서 저를 위험에 처하게 할 것이라곤 상상도 할 수 없습니다. 이게 제가 이곳에 머물러도 안전한 이유입니다. 더 필요하십니까?"

너무나 딱 부러진 그녀의 음성에 말문이 막혀 버린 연후였다.

*   *   *

삼협의 거센 물줄기를 따라 통나무를 이어 만든 뗏목 하나가 위태위태하게 흘러가고 있었다.

그런 뗏목의 바닥에는 엎드리다시피 주저앉아 있는 여인이 있었고 그 입에선 시시 때때로 비명과도 같은 음성이 터져 나왔다.

"아악! 조, 조심! 앞에 바위요!"

그 음성의 주인은 은서린이었고, 그녀와 달리 흔들리는 뗏목 위에서 기대란 장대 하나로 방향을 조정하고 있는 사다인은 도저히 짜증을 참지 못하고 있었다.

"제발 입 좀 다물어라! 너 안 죽여!"

거센 물줄기 소리로 가득한 가운데도 강렬하게 터져 나온 사다인의 날 선 음성에 은서린은 완전히 풀이 죽어 버렸다.

"죄, 죄송해요. 저는 다만……."

말끝을 흐린 채 고개마저 완전히 숙여 버린 그녀를 보며 사다인은 내심 혀를 찰 수밖에 없었다.

'대체 어쩌다가 이렇게 돼 버린 건지…….'

무산을 가까스로 탈출해야 했던 지난밤의 일을 생각하면 이 상황이 그저 한심스럽기만 사다인이었다.

더구나 물질을 전혀 못한다는 그녀 때문에 이 거센 물줄기를 벗어날 때까지 천상 뗏목 위에 있을 수밖에 없는 상황이 이어질 것이다.

그러고도 아직까지 적들에게 발각되지 않은 것이 기적이라고 해야 할 상황이었다.

물론 그런 일이 벌어진다고 해도 저들이 무산의 협곡 아래 배를 준비해 두었을 리 없으니 더 이상 쫓겨야 할 상황에 놓이진 않을 것이다.

그렇다고 해도 한동안 자신의 종적을 완전히 감추려고 했던 본래 계획은 또다시 완전히 틀어져 버릴 수도 있는 일인 것이다.

그런 생각만 하면 이 모든 일의 원흉이라 할 수 있는 눈앞의 여인에게 오만 가지 원망이 일어야 마땅한 상황이었다.

그럼에도 사다인은 마냥 그녀를 몰아세울 수밖에 없었다.

딱히 중원에 나와 배운 경서들이 아니라 해도 약한 존재를 지키는 것이 사내의 본분이라는 것은 남만의 부족에서도 당연시되는 전통이었다.

그녀가 비록 지난밤부터 한시도 가슴에 끌어안은 검을 놓지 않는 강호의 여인이라지만 참으로 약하니 사내라면 마땅히 지켜 주어야 할 이유 정도는 있었다.

그렇다고 해도 이곳 삼협을 벗어난 후엔 대체 어찌해야 할지 대책이 서질 않았다.

앞으로 걸어야 할 길이 혈로(血路)가 될 것은 자명할진데 언제까지 혹을 달고 다닐 수는 없는 노릇이었고, 그렇다고 이 물정 모르는 여인을 홀로 내팽개칠 수도 없는 일이니 참으로 난감하기만 했다.

'결국 강이 녀석을 만난 뒤에 떠넘길 수밖에 없단 말이냐!'

그녀의 사부란 여인이 단목세가 사람이니 그녀 또한 따지고 보면 단목강과는 남이라 할 수 없었다.

하니 당장은 그 방법이 최선이라는 생각이 들었다.

유가장의 친우들과 해후하기로 약조한 단오절까지는 채 한 달도 남지 않은 상황, 어쩔 수 없이 그때까지는 그녀와 동행할 수밖에 없는 처지가 되어 버린 것이다.

그런 복잡한 마음으로 은서린을 보고 있자니 지난밤의 일들이 불현듯 떠올랐다.

그녀를 업다시피 한 채 화산파 도인들과 섬서 땅의 무인들로 이루어진 포위망을 뚫고 도주해야 했으며 그러는 동안 손에 일말의 사정도 남겨 두지 않았다.

그동안 은서린은 사다인의 등에 매달린 채 쉼 없이 떨기만 했다.

난생처음 눈앞에서 사람이 죽어 가는 광경을 수도 없이 목격하게 되었으니 그 충격에서 오는 떨림을 지워 내지 못했던 것이다.

하지만 그런 은서린을 배려할 여유 따윈 없었다.

산중에서 사람 하나를 등에 업고 그물처럼 무산의 봉

우리들을 둘러싼 포위망을 뚫어 내는 일이란 결코 간단한 일이 아니었기 때문이다.

결국 추호의 망설임도 없는 출수가 이어지자 포위망은 엷어졌고 결국 동이 트기 직전 목적지인 구암봉까지 당도할 수 있었던 것이다.

그 구암봉의 절벽 아래를 지나치는 삼협의 급류에 미리 뗏목을 만들어 두었기에 이제 마지막 행적을 지우는 일만 남은 때였다.

하나 적들을 완전히 따돌리지 못했고 결국 끈질기게 따라붙은 꼬리를 달게 되었다.

그렇게 마지막까지 자신을 추격한 이들은 모두 화산파를 상징하는 흰색 장삼을 걸친 노도사들이었다.

한데 그 실력들이 녹록지 않다는 것이 한눈에도 느껴지는 이들이었다. 하지만 그들만 모조리 죽여 입을 막는다면 더 이상의 추격은 없을 상황이었다.

더구나 목적지에 다다른 사다인이기에 더 이상 은서린을 업고 있을 필요가 없어졌으니 그런 사다인에게 화산파의 노도사들은 일초지적도 될 수 없는 존재들이었다.

지난밤 내내 등에 밀착되어 있던 은서린 때문에 마음껏 운용하지 못했던 뇌신지기를 일거에 쏟아 내자, 다섯의 노도사들은 채 검을 날려 보지도 못하고 모조리 땅바닥에 널브러져 부들부들 떨어야 했다.

사다인이 펼친 지뢰진(地雷震)의 위력은 그만큼이나 가공할 위력을 뿜어낸 것이다.

화산파의 전대 장로라는 신분과 더불어 강호인들에게 화산육선이라 추앙받는 그들 다섯 노도인들이 단 한 수에 항거불능의 상태가 되어 버린 상황.

사다인에게 그들의 별호나 위명 따윈 터럭만큼의 의미도 없는 것이었다.

단지 적이라면 누구를 막론하고 마땅히 죽여 없어야 할 존재들일 뿐.

그들을 무력화시킨 뒤 단번에 목줄을 끊어 놓으려는 사다인의 손끝에는 그 어떤 망설임도 없었다.

한데 그때 내내 부들부들 떨기만 하던 은서린이 힘겹게 사다인의 팔을 붙잡고 나섰다.

"저분들 살려 주시면 안 되나요? 그래도 될 만큼 충분히 강하시잖아요. 제발요……."

그녀의 눈빛과 음성이 너무나 간절해 사다인은 한동안 그녀를 물끄러미 바라보고 있을 수밖에 없었다.

"이대로 떠나면 행적이 드러난다. 네가 위험해질 수도 있어."

사다인의 음성은 나직했지만 은서린의 전혀 물러설 생

각이 없는 듯 보였다.

"이미 검을 들 여력조차 없는 분들이에요. 한낱 미물의 목숨도 함부로 여기지 말라 배웠습니다. 제발 손에 사정을 남겨 주세요."

전에 없이 정색을 하면서도 또한 자신의 의지를 또렷하게 밝히는 그녀 때문에 사다인은 그대로 발길을 돌려 버렸다.

그런 사다인의 입에선 나직하면서도 싸늘한 음성이 흘러나왔다.

"멍청한! 어차피 적이 될 수밖에 없는 이들이라면 벨 수 있을 때 베어야 하는 것이다. 언제고 저들로 인해 곤경에 처하게 되면 틀림없이 오늘의 일을 후회하게 될 것이다."

사다인의 질책과도 같은 음성이 은서린의 귓가를 파고들었으나 눈앞에 놓인 현실과는 달리 그녀의 입가에 옅은 미소가 피어올랐다.

"후회할 일 없을 거예요. 절대로……. 공자께서 절 지켜 주실 거라 믿으니까요."

혼잣말처럼 흘러나오는 나직한 그녀의 음성은 사다인에게도 전해졌다.

평소라면 내가 왜 너 따위를 지켜라며 면박을 줄 수도

있었을 테지만 나직한 그 음성에 실린 떨림들이 느껴져 그냥 못 들은 체하고 지나쳐 버린 사다인이었다.

그렇게 은서린과 사다인은 무산을 벗어날 수 있었고 삼협의 물줄기 위를 위태위태하게 떠다니게 된 것이다.

"너 왜 그렇게까지 검을 끌어안고 다니는 거야? 빼 들지도 못할 거면서?"

바닥에 주저앉아 있으면서도 또 지난밤 내내 사다인의 등에 업혀 있으면서도 한시도 기다란 백색 장검을 품 안에서 떼어 놓지 않은 은서린이었다.

그저 장식품처럼 검을 패용하고 있는 그녀의 모습에 짜증이 치솟은 사다인의 음성은 당연히 고울 리가 없었다.

한데 내내 사색이 되어 있는 은서린의 표정에 순간 환한 웃음이 걸렸다.

"헤헤! 제가 사실 겁이 많아서요. 무공을 익히거나 사부님의 가르침을 들을 때마다 심장이 두근두근 방망이질 치거든요. 그런데 이렇게 검을 끌어안고 있으면 두근거리는 게 사라져요."

천진난만한 아이처럼 입을 여는 은서린을 보며 더 이상 몰아세울 수가 없는 사다인이었다.

"사실 사다인 공자님을 보면 또 가슴이 두근거려요. 그래서 이렇게 검을 안고 있을 수밖에…… 앗, 부끄럽게도 고백을……."

"뭐, 뭐라는 거냐!"

사다인도 은서린도 당분간은 어색할 수밖에 없는 시간들을 맞이하게 되었다.

第五章

소리 없는 혈사(血事)

밤은 점점 더 깊어만 가는 시각, 달빛 한 점 찾아볼 수 없는 짙은 어둠이 온 세상을 지배하고 있었다.

하나 대명의 하늘이라 불리며 또한 하늘의 자식이라는 천자의 집 자금성은 곳곳에 밝혀진 수많은 유등들과 횃불로 인해 그야말로 불야성을 이루고 있었다.

특히나 내전에 위치한 건청궁 주변으로는 색색의 유등들이 수도 없이 걸려 있어 대낮처럼 환한 모습을 유지하고 있었다.

그렇게 흡사 절간의 연등회라도 보는 듯 화려한 모습의 건청궁이었으나 정작 궁 주변을 지키는 위사들조차 보이지 않으니 더없이 적막하단 느낌을 지우기가 힘들었다.

그런 건청궁의 대전 안쪽에서 웃음소리인지 울음소리인지 모를, 거기에 사내의 것인지 계집의 것인지도 구분키 힘든 기괴한 음성이 흘러나오고 있었다.

"흐히히히히히이! 고 씹어 먹어도 시원치 않을 놈. 그놈을 꼭 살려서 데려와라. 산 채로 이 앞으로 끌고 와야 해. 지 눈앞에서 내장이 뜯어 먹히는 꼴을 보는 놈의 표정이 어떠할지 반드시 지켜볼 것이다."

공식적으로는 사례감의 수장이란 직책에 앉은 지 오래된 환관이지만 실제로는 자금성의 주인인 황제보다 더한 권세와 힘을 지닌 막후의 절대자 태공공이 바로 그 기괴한 음성의 주인이었다.

이미 일 갑자의 세월 동안 자금성 막후의 절대자로 그야말로 무소불위의 권력을 움켜쥔 인물, 거기에 세수 이 갑자를 넘긴 그의 모습에서 주름살 하나 찾아볼 수 없으니 도저히 평범한 사람이라 볼 수 없는 이가 바로 태공공이었다.

특히나 흰 자위가 없이 오로지 번들거리는 먹빛으로 가득한 그의 눈동자는 마주하는 것만으로 두려움을 심어주기에 충분한 것이었다.

그런 태공공 앞에 부복하고 있는 그의 수족 음사의 태도는 그 어느 때보다 두려움에 가득 차 있었다.

"공공! 아무리 내밀원 아이들이라 하나 생포하여 금성으로 들이는 것은 무리라 사료되옵니다. 더구나 그가 요 근자 검마란 별호로 제법 유명세를 떨치는 이일 가능성마저 있다 합니다. 이참에 매화촌과 함께 불살라 흔적을 지우는 것이 가한 줄 아뢰옵니다."

음사의 조심스러운 음성에 태공공의 시커먼 눈동자가 무시무시한 빛을 발했다.

"검마? 그건 또 무슨 말이냐? 유가장의 후손 따위에게 왜 그런 이름이 붙어?"

"섬서 땅에서 강호의 떨거지 같은 무부들 몇을 베어 얻은 이름일 따름입니다. 거기다 그가 검마라는 것 역시 확실치도 않고……."

"갈! 그렇다면 본 공공이 오랜만에 손맛을 볼 수 있는 일 아니었겠느냐? 네놈 요새 하는 일마다 영 마음에 들지 않아. 아무리 네놈이 내 오른팔과 같다 해도 잊어선 아니 될 것이 있다."

"……."

"본 공공에게 이 따위 팔 같은 것이야 언제든지 잘라도 된다는 것을!"

그리 말하며 자신의 오른쪽 어깨를 왼손으로 움켜쥐는 태공공.

그 직후 자신의 팔을 그대로 잡아 뜯어 버리는 태공공의 모습에 음사는 이마에 피가 나도록 머리를 찍을 수밖에 없었다.

그렇게 멀쩡한 팔을 어깨에서 뜯어내었으나 놀랍게도 태공공은 일말의 고통스런 모습도 내비치지 않았다.

하나 그보다 더한 것은 사람이라면 한 바가지가 넘는 핏물이 쏟아져 내리는 것이 당연한 상황에 그의 어깨와 잡아 뜯긴 팔에서 흘러나오는 것은 아교처럼 끈적끈적한 흑빛 진액 같은 것이 전부라는 것이다.

거기다 그 진액 같은 것들은 스스로 살아 움직이는 듯 꿈틀거리며 분리된 육신을 향해 나아갔다.

그 과정에서 수십만 마리의 벌레가 기어가는 듯한 소름 끼치는 소리가 흘러나오더니 어느새 뜯어졌던 팔은 거짓말처럼 다시 원상태로 되돌아가 버렸다.

그런 태공공의 기괴망측한 모습에 음사는 그저 두려워 다시금 머리를 조아려야만 했다.

"공공의 신위에 속하 경배! 오직 경배할 따름입니다."

그런 음사의 모습을 확인한 뒤에야 태공공의 입술 사이를 비집고 예의 그 기괴한 웃음소리가 터져 나왔다.

"흐히히히히히힝! 본 공공은 이미 신인(神人)이다. 네 놈이 요 근자 곽영 그놈과 함께 뭔가 꾸미는 것을 내 모를 것이라 생각하느냐? 하나 그간의 수고로움을 아는지라 그저 귀엽게 봐주고 있을 뿐임을 알아야 할 것이다. 본 공공이야말로 진정한 하늘임을 명심! 또 명심해야 할 것이야."

태공공의 음성과 함께 전해진 정체 모를 기운들이 바닥에 엎드린 음사를 짓눌렀다.

음사는 그저 부들부들 떨며 주인에게 절대 충성하는 개의 모습을 보이느라 여념이 없었다.

하나 그의 내심마저 그런 것은 절대 아니었다.

'대체 곽영 이 녀석 무슨 생각인 거야. 그냥 이 괴물을 매화촌으로 보냈으면 될 일을…… 왜 절대로 안 된다고 하는 거야. 정말 미치겠네…….'

곽영이 연후의 부친 유기문을 섬긴다는 사실을 전혀 모르는 음사로선 이제껏 그래 왔듯이 그의 뜻에 깊은 사정이 있을 것이라고 짐작할 수밖에 없었다.

지금이야 비록 태공공의 심복에 불과하지만 과거의 곽영과 음사는 구대봉공의 제자들이었다.

더구나 그 맥이 곽영은 소림, 음사는 무당이니 봉공의 무위를 세상에 드러낼 수만 있었다면 절대로 지금처럼 살지는 않았을 이들이었다.

하나 음사와 곽영은 선택했고 이제는 권력 아래 몸을

의탁해 기생하는 신세가 되어 버린 것이다.

돌이켜 보면 봉공들을 사부로 모시며 사형제나 다름없는 지기들과 보내던 그 시절이 생에 가장 행복한 때였다고 생각하는 음사였다.

그나마 곽영은 태공공을 구한 공로로 도지휘사를 제수받고 북경의 병권마저 움켜쥔 고관대작이 되었다지만 자신의 신세는 처량하기만 했다.

물론 눈앞의 태공공이야 그런 곽영 역시 자신처럼 그저 기르는 개처럼 여기고 있는 것이 분명했지만, 자금성의 방비를 담당하는 어림천위군이나 하북성 도지휘사의 직속 병사 삼만이 이미 곽영에게 절대적 충성을 받치는 강군으로 변해 있음을 전혀 모르고 있어 그런 것이니 곽영 나름 비장의 한 수가 준비되어 있는 것이다.

이는 병력만 놓고 본다면 오히려 금의위나 동창, 그리고 내밀원을 수족처럼 부리는 태공공을 이미 한참 넘어선 것이고 그런 곽영의 능력은 태공공과는 또 다른 두려움을 일게 만들 정도였다.

물론 그가 눈앞의 이 괴물이 되어 버린 환관보다 강하다는 생각을 할 수는 없었지만, 그럼에도 곽영은 태공공을 전혀 두려워하지 않았다.

"천목산의 무림대회가 끝날 때까지만 버텨다오. 그때라면 늙은 환관 그자의 질긴 목숨도 마지막이 될 것이니…… 이는 친구로서의 부탁이다."

은밀히 찾아와 이 같은 말을 전하고 사라진 곽영을 떠올리면 심사가 더욱 복잡해질 수밖에 없는 음사였다.

대체 무림지부니 무림왕이니 하며 강호를 들쑤셔 놓는 곽영의 저의 속에 무엇이 있는지 전혀 짐작할 수가 없기 때문이었다.

더구나 그 오지의 산속에 무림성을 축조한다면 온 대륙에 전매권을 남발해 닥치는 대로 자금을 끌어 모으는 일로 인해 자금성은 물론 대륙 안팎이 하루도 평안한 날이 없었다.

그 일로 상단들은 물론이요 일반 백성에 유생들까지 연일 상소를 올려대는 통에 태공공의 눈치를 보느라 하루하루가 죽을 맛인 것이다.

하나 태공공의 묵인이 이어지는 상황에다 황상의 총애마저 함께 받는 곽영의 행보에 직접적으로 제동을 걸 간 큰 대신은 찾아볼 수 없는 것이 또한 당금 조정의 실정이기도 했다.

'곽영아, 곽영아! 제발 무슨 일인지 빨리 좀 끝내자.

더 이상 이 괴물 곁에 있다간 피가 말라 죽겠다.'

· 여전히 태공공의 발치에 몸을 엎드린 음사의 내심은
그런 생각들로 가득했다.

어차피 유가장의 후손이 처리되기 전까지 더욱더 신경
질을 부릴 것임을 아는지라 그 마음은 더욱 심란하기만
했다.

더구나 상대는 삼십 장 거리를 격하고 은신해 있던 자
기 자신을 향해 무형의 기세를 쏘아 드러나게 만든 이였
다.

검마란 별호가 그저 허명이 아니며 이는 사부라 할 수
있는 구대봉공들 정도는 되어야 가능한 경지였다.

그런 상대를 생포하라는 것은 말이 되지 않는 일이었
다.

하니 내밀원 위사를 백 명이나 뽑아서 보낸 것이다.

그 정도 인원이라면 어지간한 문파 하나는 소리 소문
없이 쓸어 버릴 정도, 아무리 상대가 검마라고 불린다 해
도 강호 경험이 일천한 이상 결코 살아남지 못하리란 생
각이었다.

다만 어째서 곽영이 직접 나서려는 태공공을 만류했는
지 그 이유를 몰라 이래저래 심사가 복잡해질 수밖에 없
는 것이다.

＊　　　　＊　　　　＊

달이 모습을 드러내지 않는 밤이라 하늘에 박힌 별빛만이 그 선명함을 더욱 드러내고 있는 시각이었다.

한때는 오십여 호가 넘게 살았던 매화촌, 하나 유가장의 참화 이후로 인적이 완전히 사라진 그곳의 밤은 유난히 정막하다 할 수밖에 없었다.

특히나 참화가 있은 지 오 년이란 세월을 뛰어넘어 다시금 유가장 안에서 밤을 보낼 수 있게 된 연후의 감회는 남다른 것이었다.

함께 동문수학하였던 친구들과의 그 시절 기억들이 새록새록 떠올라 삼경이 가까운 시각이 다가오는데도 잠을 청할 생각이 들지 않았다.

매일처럼 서가에 모여 나누었던 경서에 대한 담소들, 후원 야산에서 하루 걸러 한 번씩 치고받던 단목강과 사다인은 물론 그런 둘의 싸움을 구경하며 이죽거리던 혁무린의 모습까지 모두가 시간을 되돌아온 듯 선명하기만 했다.

돌이켜 보면 그들이 이곳 유가장에 오지 않았다면 지금껏 살아 있지도 못했을 것이며 또한 태공공이나 중살이란 이들에게 복수를 꿈꾸고 있지도 못했을 것이다.

지금의 힘을 가지게 된 모든 시작이야 서가에 비치되어 있던 광해경이란 낡은 책자에서 비롯되었다지만 혁무린이 자소단이란 것을 구해 와 먹여 주지 않았다면, 백부 금도산에게 염왕진결을 배울 수도 또한 모친의 유진인 무상검결을 전수받지도 못했을 것이다.

이미 지나온 시간들에 만약이란 단어를 덧붙이는 것이 부질없는 짓이라는 것을 잘 아는 연후였지만 동문수학한 친우들에 대한 남다른 정만은 가족 이상의 의미로 마음속 깊이 자리잡을 수밖에 없는 것이다.

"휴, 단오절까지는 아직도 이십여 일. 그 안에 저들이 도발에 넘어가 주길 바랄 수밖에······."

친구들과 오 년 전 했던 약속의 시간이 다가오고 있었다.

단오절 동정호의 악양루에서 만나기로 했던 기억, 사다인이야 이미 해후했다 다시금 떨어지게 되었지만 단목강과 혁무린을 다시 만날 생각을 하면 설레는 감정에 가슴 한편이 찌릿한 느낌마저 일으킬 정도였다.

특히나 고작 며칠의 간격 차로 혁무린과 어긋난 일이나 사다인이 위기에 처한 것을 알고 만사 제쳐 놓고 무산으로 향했다는 단목강을 떠올리면 이곳의 일을 나중으로 미뤄 두고 싶은 마음이 일기도 했다.

두 사람은 전혀 걱정할 것이 없다는 암천이란 중년인의 호언장담이 있다 하더라도 이미 강호의 흉험함을 뼈저리게 느껴 본 연후이기에 마음속 한 줄기 불안감을 완전히 떨치지 못하는 것이다.

연후가 추억과 현재, 그리고 곧 마주하게 될 친우들에 대한 생각으로 밤을 지새우던 그때 적막하기만 하던 사위를 뚫고 나직하지만 다급한 여인의 음성이 들려왔다.

"유 공자님!"

애써 그 존재를 무시하려 했던 여인 당예예의 목소리였다.

삼경이 넘은 야심한 시각 다급하면서도 은밀한 음성으로 자신을 찾는 그 음성에 심상치 않은 일이 벌어졌을지도 모른다는 생각이 들었다.

재빨리 서가를 나선 연후의 신형이 어느새 유가장의 정문을 열고 있었다.

"무슨 일로······?"

사람이 살지 않은 지 오래이니 매화촌 어디에도 유등따윌 구할 수는 없었다.

당연히 짙은 어둠뿐인 공간에서 그녀를 마주했지만 연후는 그녀의 표정이 심상치 않음을 한눈에도 알아볼 수 있었다.

"혹시 몰라 마을 외곽에 이것을 설치해 놓았습니다. 누군가 다가오는 이들이 있습니다."

그리 말하며 당예예가 내민 것은 일전에 연후도 보았던 가느다란 은사였다.

그것이 그녀의 독문절기이자 암기인 은혼사(銀魂絲)라는 것까진 알 수 없는 연후였지만 그것이 지금 어떤 용도로 쓰이고 있는지는 충분히 짐작할 수 있었다.

그녀의 손에 들린 은사의 끝이 길게 이어져 매화촌의 외곽으로 향하고 있음을 보았기 때문이다.

"입구 쪽 언덕은 물론 뒤편의 야산 쪽으로도 누군가 다가오고 있어요."

그렇게 입을 여는 당예예는 낮 동안 그 당당했던 표정과는 달리 무척이나 다급해 보였기에 연후는 내심으로 웃음이 터질 뻔했다.

자신을 믿기에 이곳에 머물러도 된다며 참으로 당당하던 말과는 달리 이 야밤에 여기저기 은사를 설치하고 다니느라 고생했을 것을 생각하자 저도 모르게 웃음이 흘러나올 뻔한 것이다.

그녀의 고생이 참으로 괜한 수고라는 생각 때문이었다.

그녀가 머물고 있는 초옥은 물론 유가장과 매화촌 안

쪽 전체에 두루 기감을 확대해 놓고 있는 연후였다.

그리고 그 거리 안이라면 반 호흡도 걸리지 않고 이동할 수 있는 연후이기에 산자락을 타넘으며 은사를 설치하느라 고생한 당예예가 안쓰럽다고 느낄 수밖에 없는 것이다.

그렇다고 그녀의 수고가 마냥 헛고생만은 아니었다.

어찌 되었든 한 발 먼저 알게 되었으니 그 대비가 쉬운 것도 사실이기 때문이었다.

그러면서도 지금 이곳으로 다가서는 이들이 기다리고 있던 적들은 아니라는 생각을 지울 길 없었다.

눈앞의 당예예에겐 참으로 미안한 생각이지만 이 정도의 어둠 속에서 이런 실 따위에 자신의 기척을 들킬 정도라면 그다지 대단한 적들이 아닐 것이란 판단이 들었기 때문이다.

연후가 그리 생각할 무렵 당예예는 연후와 정반대의 생각을 하고 있었다.

어지간한 도검에도 끊어지지 은혼사를 보란 듯이 끊어버리고 다가서는 이들이 결코 가벼운 적들은 아닐 것이라는 판단.

같은 상황을 두고 그렇게 전혀 다른 생각을 할 수밖에 없는 두 남녀, 어쩔 수 없는 무경의 차이 때문이었지만 어찌 되었든 그 둘을 향해 수십에 달하는 흑의인들이 밀려들고 있는 것은 분명한 일이었다.

한편 그렇게 매화촌으로 진입하고 있는 흑의인들의 수장 조담은 이번 임무가 영 마땅치 않았다.

아무리 황사 가문의 생존자라 하나 고작 유생 따위 하나를 베기 위해 내밀원의 위사가 백 명이나 동원되었다는 것이 마냥 불만인 것이다.

아무리 그 명령이 태공공으로부터 직접 내려진 것이고 그 사안의 중함이야 두말할 것이 없다지만, 내밀원 위사 백 명이 나설 일은 절대 아니라는 생각이었다.

더구나 임무 성공에 따른 공 역시도 함께 나선 수하들과 함께 나눌 수밖에 없는 상황이니 시작부터 맥이 빠지는 기분이었다.

그런 작금의 상황들 모두가 영 마땅치 않았다.

사실 내밀원의 위사들은 모두 그 자부심이 남다른 이들이었다.

고자들 따위로 이루어진 동창은 물론이요, 마주칠 때마다 고개를 뻣뻣이 세우는 금의위의 위사들조차 눈 아래 두는 것이 내밀원의 인물들이었다.

동창이나 금의위와는 달리 내밀원 위사들이 익힌 무공

은 무림인들이 꿈에라도 한 번 보기를 원한다는 명문거파의 독문절기들이었다.

과거 원나라 시대 때 강호를 압박하여 거둬들인 수많은 절기들이 은밀히 내밀원의 위사들에게 전해지고 있는 것이니 고자들이나 황궁의 십팔반무예가 전부인 줄 아는 금의위 따위가 눈에 찰 리 없는 것이다.

조담 본인만 해도 구파 중에서도 명문이라는 점창파의 분광검을 팔성이나 익혔고 청성파의 고죽수(苦竹手)란 수공을 육성 가까이 익히고 있으니 당장 강호에 나가도 그 이름을 떨칠 것이라 자부했다.

물론 그 이상의 경지로 이끌어 줄 명사(名師)가 존재하지 않는 내밀원의 한계 때문에 당장의 벽을 넘는 것은 힘들겠지만 그 실력에 대한 자부심만은 남다를 수밖에 없는 이였다.

그런 조담은 수하들 서른을 각기 한 조로 나누어 도주할 수 있는 세 방향을 차단하는 것으로 임무의 시작을 알렸다.

만에 하나지만 이 임무가 실패할 가능성은 오직 유가장의 후예가 감쪽같이 도망치는 것뿐이란 판단이었고, 이를 막기 위해 가장 먼저 행한 것이 바로 도주로를 차단한 일인 것이다.

그 때문에 세 개의 조가 멀찌감치 매화촌을 둘러싸 연락조차 할 수 없는 상황이 되었지만 그렇다고 전혀 걱정할 이유는 없다 여겼다.

오늘 함께한 수하들 또한 강호에 나가면 능히 일류를 능가하는 고수 소리를 들을 수 있는 이들이기에 그만큼이나 충분한 신뢰를 보이고 있는 것이었다.

그런 조담이 한 가닥 불길함을 느낀 것은 숲 길 사이로 난 기다란 은사를 발견한 직후였다.

뒤따르는 수하들을 수신호로 황급히 제지시킨 조담의 눈이 눈앞의 은사를 뚫어져라 쳐다보았다.

"흠! 천잠사에 알 수 없는 쇳가루를 바른 은사라…….
사천당가인가?"

내밀원의 비밀서고에는 구파나 오대세가의 비전들이 즐비했다.

그중 사천당가의 것도 있으니 눈앞의 은사가 당가의 물건임을 단번에 파악한 것이다.

더구나 이런 종류의 암기는 가주의 직계들에게만 전해지는 비기라 읽은 기억이 있으니 이를 눈앞에서 직접 목격한 조담에게 전에 없는 경각심이 인 것이다.

"흠! 백 명이나 보낸 것엔 이유가 있단 말인가? 재미있군! 당가라……."

조담은 저도 모르게 호승심이 이는 것을 느꼈다.

사실 이제껏 많은 임무를 수행해 왔지만 그 대부분은 태공공에 반하는 정적들을 암살한 일들뿐이었다.

하니 익히고 있는 절기를 제대로 펼칠 만한 적을 마주해 보지 못한 것이다.

내밀원의 특성상 주로 대신들이나 군부의 무장들만을 암살하며 지내 왔는데 이렇듯 사천당가의 직계를 마주하게 되었다는 것에 설레는 감정마저 이는 것이다.

조담이 입꼬리를 말아 올리며 단숨에 검을 내뻗었다.

그러자 한 줄기 번쩍이는 검광과 함께 나무와 나무, 숲길과 숲길 사이를 팽팽히 당기고 있던 은사가 소리도 없이 끊어졌다.

그걸 본 조담은 다시 한 번 씨익 웃었다.

'분광검 팔성이면 장로의 반열이라 했다. 후훗! 누군지 기대되는군.'

직접 마주해 본 적 없는 강호의 무부를 만난다는 기대로 조담의 입가에 미소가 지워지지 않았다.

오늘 함께한 전력이라면 당가 전체와 싸워도 밀리지 않을 것이란 자부심이 가득한 조담에게 두려움 따윈 있을 수 없었다.

조담은 다시금 수신호를 내려 전속 전진을 명했다.

은사를 끊어 냄으로 자신들의 존재를 알게 되었을 것이니 굳이 은밀히 이동할 이유가 없는 것이다.

다른 방면에 있는 수하들에겐 따로 신호를 보낼 필요조차 없었다.

자신들의 움직임을 느낀 순간 각기 흩어진 수하들 역시 최고의 속도로 목표물을 향해 날아들 것을 잘 알고 있었기 때문이다.

조담은 그렇게 무리를 이끌고 유가장 후원 뒤로 난 산자락을 타 내려갔다.

뒤따르는 수하들의 움직임 역시 각기 다르다 하나 명문의 경공절기가 아닌 것이 없으며 그 모습들이 날래기 이를 데 없었다.

그렇듯 든든한 수하들과 함께하니 마음속에 더없이 여유로움마저 감돌았다.

그런 조담의 심경이 다시 한 번 크게 틀어지기 시작한 것은 야산 자락을 완전히 벗어나 유가장의 후원 담장을 넘은 직후였다.

인기척이 전혀 없었다.

사위는 오직 어둠과 정적만이 가득할 뿐, 더욱 기이한 것은 정면의 마을 입구와 왼편 산등성이를 확보하기 위해 보내었던 수하들의 기척마저 전혀 느껴지지 않는다는 것이었다.

뭔가 이상했다.

"뭐야! 암왕은 벽마에게 죽었다고 들었는데……."

조담의 입가에서 나직한 음성이 흘러나왔다.

당가의 암기를 보았으니 우선은 당가를 대표한다는 무인을 떠올렸다. 하나 그가 죽었다는 사실이야 익히 알려진 일이었다.

비록 황궁에 머문다고 해도 내밀원의 특성상 강호의 중요한 동향이야 수시로 전해 듣기 때문이었다.

아니, 설혹 암왕이 살아 있어 이곳에 있다 해도 말이 안 되는 일이었다.

육십 명이나 되는 수하들이 소리나 흔적조차 없이 사라질 수는 절대로 없는 일이란 생각인 것이다.

수하들의 실력은 결코 암왕 하나에 당할 정도가 아닌 것이다.

하면 아직까지도 조심스레 움직이고 있는 것은 아닌가 하는 생각이 일었다.

사실 그것도 말이 안 되는 일이었다.

야산의 수풀의 들썩거릴 정도로 내려선 자신들의 기척을 수하들이 못 알아차렸을 리 없기 때문이었다.

이 적막함 속에서 소리라는 것은 몇 리 밖까지도 퍼져

나가는 것이고 일류를 넘어선 수하들이 그 소리를 듣지 못했을 리 없는 것이다.

하니 상황을 정확히 파악할 수 없는 조담은 신중한 눈으로 뒤편을 따르는 이들을 살폈다.

전혀 영문을 모르는 그들 역시 무언가 이상하다는 것만은 충분히 감지하며 사위를 경계하는데 여념이 없었다.

상황이 그리되자 넓게 퍼트려 수색을 명하기도 쉽지 않았다.

정말로 굉장한 고수가 있을지도 모르는 상황에 자칫 각개격파를 당할 수도 있다는 생각 때문이었다.

그렇다고 마냥 텅 빈 장원의 후원에서 머뭇거릴 수도 없는 상황, 조담은 결국 결단을 내렸다.

"마을 입구까지 완보로 이동한다. 섣불리 흩어지지 말아라."

그렇게 상황을 판단해 명을 내린 조담의 능력은 그 무위보다 더욱 뛰어난 것이었다.

임무의 달성보다는 우선 수하들의 안위를 확인하는 쪽으로 가닥을 잡은 조담.

만일 수하들이 악 소리조차 없이 당한 것이 사실이라면 임무의 달성 역시 힘들다는 것을 알기에 우선은 정확한 상황 파악이 먼저란 생각이었다.

그런 결정을 내린 것만으로도 조담은 분명 뛰어난 자였다.

안타까운 것이 있다면 오늘 그와 그 수하들이 마주해야 할 상대가 그의 예상을 한참이나 까마득히 뛰어넘는 이라는 것일 뿐이었다.

조담과 수하들은 유가장의 후원을 휘돌아 정문 옆으로 난 담장을 타 넘을 때까지 그 어떤 기척도 느끼지 못했다.

하나 막 유가장을 벗어나 마을로 이어진 곳에 내려선 순간 조담은 물론 그 수하들 모두는 석상처럼 우뚝 멈춰설 수밖에 없었다.

어둠 가득한 길을 뚫고 뚜벅뚜벅 걸어오는 기묘한 사내를 마주해야 했기 때문이다.

학창의를 입은 천생 유생 차림의 젊은 사내.

특이한 것이 있다면 그이 오른손에 채대처럼 흐물흐물 늘어진 연검 한 자루가 들려 있다는 것뿐이었다.

그리고 그 순간 그 연검의 날카로운 검신을 타고 몇 방울의 핏물이 떨어져 내리는 것을 조담을 비롯한 모두가 목격할 수 있었다.

조담은 저도 모르게 침을 삼켰다.

그리고 이내 다시금 눈을 부릅뜰 수밖에 없었다.

"초, 초연검? 설마 검마?"

혼잣말인지 그도 아니면 상대에게 이어지는 질문인지도 구분하기 어려운 조담의 음성을 들으며 유생 차림의 사내가 천천히 다가섰다.

"남의 집 담은 함부로 넘는 것이 아니라오. 아쉽게도 말이오, 예전에 스스로에게 다짐한 것이 있소이다. 내게 힘이 생긴다면 다시는 유가장의 담을 넘는 이들을 용서치 않겠다고……."

사내의 입에서 나직한 음성이 흘러나왔고 그 순간 조담이 본 것은 그 사내의 눈에서 정체 모를 광망이 뿜어진다는 것뿐이었다.

그렇게 사내가 눈앞에 사라졌다.

그리고 이내 등 뒤에서 들려오는 소리들.

서걱! 서걱!

투둑! 털썩! 털썩!

무언가 섬뜩하게 베이는 소리와 또 무언가가 허물어지고 쓰러져 내리는 소리들이 끊이질 않고 들려왔다.

그리고 그 모든 소리들이 멈추었을 때 조담은 움켜쥔 검을 채 뽑아 볼 생각도 하지 못하고 힘겹게, 아주 힘겹게 고개를 돌렸다.

그렇게 눈에 들어온 광경.

단 한 명의 예외도 없이 수십 명에 달하는 수하들의 목과 머리가 분리되어 쓰러져 있었다.

그야말로 촌각이라고 부를 수 있는 시간 동안 벌어진 일이었다.

그리고 그 믿기지 않은 상황 속에 선 사내의 옷가지엔 핏물조차 한 방울 묻어 있지 않았다.

조담은 그 기괴한 광경에 아무런 말도 꺼내지 못하고 그저 눈만 끔뻑일 수밖에 없었다.

사내가 다시 입을 열었다.

"조부님의 무덤 앞에 또 한 번 다짐했소. 소생 이곳에 있는 동안만은 스스로 마귀가 되어 주겠다고!"

너무나 담담하게 흘러나오는 음성이 더더욱 두렵게만 느껴지는 조담이었다.

스팟!

사내의 검이 느릿하게 뻗어 오는 소리를 들음과 동시에 조담의 두려움도 끝이 났다.

하늘로 치솟는 조담의 마지막 의식은 그래도 웃고 있었다.

무려 환우오천존이라 불리는 검제의 무공과 그의 독문 병기에 죽을 수 있다는 것이 오히려 영광이라는 듯.

그렇게 한밤중의 혈사는 조용히 마무리되었으나 그 참

혹한 주검들 속에 자리한 사내 연후의 눈빛만은 참으로 무심하기 이를 데 없었다.

여전히 달빛 한 점 없는 어두운 밤중에 벌어진 일이었다.

第六章

행보

제대로 길조차 나지 않은 산자락을 억지로 뚫으며 길을 만들어 가고 있는 중년 사내가 있었다.

　우람한 팔뚝을 움직일 때마다 사내의 손에 들린 대도는 거침없이 가로막는 것들을 베어 내고 있었다.

　나뭇가지나 수풀, 넝쿨 따위는 물론이요 어른의 몸통만 한 나무들까지 사내의 칼질 한 번에 획획 쓰러져 갔다.

　도기(刀氣)조차 뿌리지 않고 순수한 칼질만으로 그러한 일을 해내고 있는 사내의 모습만으로도 그 무위가 경지에 달한 이라는 것을 증명하는 것이었다.

　그는 바로 북천신도(北天神刀)의 주인이며 북원의 무신이라고 칭송받는 골패륵이었다.

그런 이가 지금 중원인의 복색을 한 채 길도 나지 않는 험준한 산자락을 헤쳐 나가고 있는 것이다.

그렇게 골패륵이 만들어 가는 길을 뒤따라오는 또 다른 젊은 사내가 있었다.

그의 이름은 혁무린, 지금 그의 얼굴은 과거의 어딘가 느물느물하면서도 뺀질거리는 기색을 완전히 지운 터였다.

산짐승조차 다니지 않을 법한 산중을 헤매며 무언가 깊은 고민에 빠진 듯한 무린, 그가 앞서 쉼 없이 길을 만들어 가고 있는 골패륵을 불러 세웠다.

"패륵!"

무린의 음성이 이어지자 골패륵은 어느새 도를 갈무리한 뒤 더없이 공손한 태도로 무린 앞에 섰다.

"하명하실 것이 있으신지요?"

더없는 극상의 예를 취하는 골패륵의 태도가 익숙한 듯 무린은 이제껏 나아가던 방향과 다른 쪽을 눈짓으로 가리켰다.

"이쪽이 아닌 거 같아. 저쪽으로 길을 내 봐."

여태 나아가던 방향이 아니라 조금 더 오밀조밀한 잡목들로 우거진 산비탈을 가리키는 무린, 하나 골패륵은 일말의 의구심도 내비치지 않고 대꾸했다.

"명을 따릅니다. 성왕(聖王)이시여."

또다시 예를 표하며 골패륵은 무린이 가리킨 방향을 향해 거침없이 도를 휘두르기 시작했다.

무린이 가고자 하는 장소가 어딘지 혹은 그 목적이나 이유 따위엔 일말의 의문도 품지 않은 모습으로 그저 무린의 뜻을 실행하는 것이 전부라는 태도였다.

누구라도 이 상황을 안다면 놀라 눈이 뒤집어져도 이상한 일이 아닐 것이다.

중원의 무인들이야 쉬 인정치 않으려 하지만 북천신도의 무위가 천중십좌라는 강호의 십대고수를 넘어 도불쌍성과 견줄 정도라는 이야기가 떠돌고 있는 것이다.

그런 정도의 무인을 약관이나 겨우 넘겼을 법한 이름 모를 사내가 종처럼 부리고 있는 것이니 이 같은 내막을 누구라도 알게 된다면 그대로 까무러쳐도 이상치 않은 일인 것이다.

하나 혁무린을 전륜성왕의 환생이라 굳게 믿는 골패륵은 무린을 대함에 있어 추호의 흔들림도 없었다.

그런 골패륵을 부리는 무린의 태도 역시 너무나 자연스러워 두 사람의 관계는 마치 오래된 주종간의 모습처럼 비춰졌다.

그도 그럴 수밖에 없는 것이 무린은 과거 무공 한 자락

제대로 펼치지 못하던 시절에도 골패록 이상 가는 존재의 호위를 받으며 자라 왔다.

자부의 마지막 가신이었던 초노, 그는 지금의 골패록보다 최소 한 수 이상 높은 경지에 머물던 이였다.

물론 초노와는 그저 보통의 주종 관계 이상이었지만 그 초노가 무린을 대하는 마음만은 지금의 골패록보다 더하면 더했지 결코 모자라지 않았던 것이다.

그런 초노를 수족처럼 부렸던 무린이니 지금 골패록에게 이런저런 명을 내리는데 주저함이 있을 수 없는 것이다.

더구나 골패록은 진실한 무린의 힘을 최초이자 유일하게 직접 자신의 몸뚱이로 겪어 본 인물, 그러하니 무린을 섬기는 것에 주저함이 있을 수 없는 것이다.

무린과 골패록은 그렇게 다시 산중을 헤매기 시작했다.

사실 지금 무린이 골패록을 앞세워 이러한 행동을 하는 이는 반드시 찾아야 하는 이가 있었기 때문이었다.

바로 진경의 끝 공령(空靈)의 도에 이른 자.

다른 건 몰라도 진경만은 반드시 회수해야 하는 것이 자부의 맥을 이어받은 무린의 사명이며 책무였다.

과거 강호사에 잠시 무무노인이라 불렸던 자부의 호위가 세상에 퍼뜨린 일백권의 진경과 그 유진은 반드시 자부로 되돌아와야 할 것들이었다.

물론 그 대부분은 선대라 할 수 있는 부친에 의해 회수되었고 사실 진경 그 자체만으로 대단한 위험이 될 소지도 거의 없는 것이긴 했다.

하지만 정작 문제는 진경의 끝을 보아 공령의 도를 이룬 존재가 이미 존재하고 있었다는 사실이었다.

무선(武仙)!

따로는 삼종불기 중 천무선인이라 회자되고 있는 그의 존재는 매우 심각해 세상의 균형을 흐트러뜨리고도 남는 일이었다.

물론 그가 나타났던 그 시절의 천의(天意)는 그의 존재가 균형의 한 축이었다지만, 당대에 또다시 나타난 무선과도 같은 존재는 자칫 더 없는 혼란의 시발점이 될 수도 있는 일이었다.

진경의 끝을 보면 팔계 중 선계를 열 수 있다.

문제는 선계와 소통할 수 있게 된 이가 스스로의 의지로 입계(入界)를 거부한 채 반선(半仙)에 가까운 존재가 되어 인세에 남을 때 벌어지는 것이다.

그러한 존재가 이 땅에 생겨나게 되면 필히 또 다른 팔계 중 하나가 열려 그 대치점을 이루려고 하는 것이 세상의 진리다.

그로 인해 가중되는 혼란은 인세에선 감당하기 힘든 것이며 자부는 그러한 혼란의 때를 대비하기 위한 또 다른 안배를 위해 존재하는 곳이었다.

그것이 무린이나 그의 부친 망량겁조가 이 땅에 존재하며 인세를 살아가는 이유였다.

사람이되 사람이 아닌 존재.

사람의 모습으로 태어났으되 천 년의 수명을 부여받고 또한 인간이 사용할 수 있는 모든 힘을 허락받은 존재.

그것으로도 모자라 명계의 왕을 강림시켜 그 힘마저 자의로 펼쳐 낼 수 있는 존재가 바로 자부일맥이며 그 당대의 계승자가 혁무린이란 젊은 사내였다.

하나 정작 무린 본인은 자신의 존재나 자부 그 자체가 얼마나 모순된 것인지 누구보다 잘 알고 있었다.

애초에 자부라는 곳은 이 땅에 있어선 안 되는 곳이어야 했다는 생각이었다.

아니, 존재하더라도 사람의 모습이어선 아니 되었던 것이다.

턱없이 불완전한 존재의 모습으로 천 년의 세월을 살며 세상의 균형이란 천의를 이어 간다는 것이 얼마나 터무니 없는 이야기인가.

그것은 팔계가 자유롭게 소통하던 상고 이전의 시대에

서나 통용되었던 일일 뿐인 것이다.

그때의 사람들은 미개하였으나 그로부터 수천 년의 시간 동안 앞으로 나아간 인세의 힘은 때때로 자부가 가진 역량으로도 제어할 수 없을 정도가 되어 버렸다.

이미 존재 자체가 균형이었던 시절은 아득해져 버린 것이며 거기다 부친이나 자신의 어미인 성모로 인해 천 년이 훌쩍 넘는 시간 동안 있어 왔던 강호의 혼란은 이미 자부의 존재 자체가 세상에 해악임을 반증한다고 생각했다.

그렇기에 더는 세상사에 관여하지 말아야 한다고 판단했다.

선대의 과거를 답습할 생각 따윈 전혀 없는 무린이었다.

하지만 진경만은 달랐다.

이는 무린에게 부친과 모친이 남긴 업과 같은 것이었다.

하니 과거를 다시 되풀이하지 않기 위해서라도 진경을 익힌 이와 그 힘을 회수해야만 하는 것이 무린의 입장이었다.

그것이 자부의 전인으로 해야 할 마지막 한 가지 일이 될 것이라 다짐하는 무린, 그렇기에 공령의 잔재가 느껴진 마지막 장소를 찾아 무린의 행보가 이어지고 있는 것이다.

그런 무린의 얼굴에 과거의 여유를 찾기 힘든 것은 어쩔 수가 없는 일이었다.

그렇게 골패륵을 앞세운 무린이 나아가고 있었다.

다만 그 걸음이 더뎌질 수밖에 없는 것은 그만큼 산중의 길이 험했기 때문이다.

그러한 때 그 두 사람이 지나쳐 온 길을 따라 누군가 다급한 움직임으로 다가서고 있었다.

아무리 칼로 길을 냈다 하나 범인이 쉽사리 타오르기 어려운 길을 재빠른 속도로 타오르는 인물, 그 속도로 보아 평범한 이가 아님이 분명했다.

그렇게 다가서는 기척을 느낀 무린의 이마가 잠시간 가볍게 일그러졌다.

그때마침 들려오는 여인의 음성.

"혁 공자님!"

무린이 걸음을 멈추고 뒤돌아서자 앞서 길을 내던 골패륵 역시 손에 들린 대도를 갈무리한 채 그 뒤에 시립했다.

그런 두 사람 앞으로 연녹색 경장을 차려입은 여인이 모습을 드러냈다.

한눈에도 사내의 눈이 휘둥그레 떠질 만큼 아리따운 여인, 그녀는 험한 길을 헤쳐 오느라 이마에 맺힌 땀방울을 손끝으로 가볍게 훔치며 무린에게 더없이 미안한 표정을 지어 보였다.

"휴! 죄송합니다. 갑작스레 일이 생겨……."

말끝을 흐리는 여인 단목연화를 보며 무린이 또다시 보일 듯 말 듯 이마를 찡그렸다.

"북경을 떠나올 때 분명 약속했던 거 같은데. 반드시 내 말을 따르기로. 내가 돌아올 때까진 객잔에 있으라고 했잖아."

무린의 음성은 질책이라기보다 대체 무슨 일이 있기에 자신과의 약조를 어기고 여기까지 왔나 하는 궁금증이 묻어 있었다.

지금의 단목연화는 처음 만났을 때의 그 도도한 모습을 찾아볼 수가 없으며 무린의 말이라면 죽는 시늉을 할 수 있을 정도로 변해 있었다.

그것은 단지 무린이 생사지경에 처했던 그녀의 모친을 구했다거나, 그녀에게 조화만상곡이라는 희대의 음공을 전수해 주었기 때문만은 아니었다.

무린을 바라보는 그녀의 눈빛, 그 눈망울 가득 넘치는 것이 연모의 마음임은 그 뒤편에 선 무뚝뚝한 사내 골패 륵조차 알 수 있는 것이었다.

하나 무린으로선 절대 허락할 수 없는 감정이었다.

그것은 단지 그녀가 의제 단목강의 누이이기 때문도

아니었고 그녀에게 여인으로서 모자람이 있어서도 아니었다.

또한 그녀가 역모라는 죄로 관부에 수배령이 내려진 상태며 단목세가의 멸문지화와 관련해 수많은 강호 문파와 은원 관계에 놓여 있다는 사실 역시 문제가 아니었다.

그런 정도의 일들이야 마음먹기 따라서 얼마든지 해결할 능력을 지닌 것이 지금의 무린이었다.

한데도 무린은 절대로 단목연화의 감정을 받아들일 수가 없었다.

홀로 남아 천 년을 살아가야 하는 업을 지닌 무린, 유가장에서 얻은 지기들만으로도 세상에 나와 맺은 인연은 충분하다 못해 넘친다는 생각이었다.

앞으로도 시간은 멈추지 않고 지날 것이다.

그리고 지기들은 인간의 틀을 살다 갈 것이고 자신은 또 남아 홀로가 될 것이 자명했다.

그것이 자부일맥에게 주어진 숙명임을 알기에 여인에게 마음을 준다는 일은 생각할 수도 없었다.

누군가와 더불어 살아갈 수 있는 시간보다 홀로 남겨진 기나긴 시간의 외로움이란 것은 상상하는 것만큼 두려운 일이었다.

그런 무린이 누군가에게 마음을 준다는 것, 진실로 누

군가를 받아들인다는 것, 그저 엄두도 낼 수 없는 일인 것이다.

그렇기에 그녀의 마음을 알면서도 밀어내야만 했다.

더구나 그 이유를 눈앞의 단목연화에게 도저히 설명해 줄 수 없다는 것이 무린이 그녀를 더더욱 냉정히 대하는 이유였다.

하나 단목연화는 달랐다.

과거에 지녔던 천하제일세가의 영애라는 허울도 또한 가문의 재건을 위해 살겠다는 의지도 모두 버렸다.

아직까지도 그녀는 무린의 진실된 정체를 알지 못했다.

그저 그를 알고 지내 온 시간 동안 볼 수 있었던 몇 가지 믿기지 않은 일들로 인해 그가 아주 조금은 특별한 무인이라고만 짐작할 뿐이었다.

무린 앞에 주저앉아 조화만상곡을 가르쳐 달라고 울며 불며 매달렸던 그때부터 지금껏 단목연화는 다른 남자의 여인이 될 수 없다 여겼다.

그 후로부터 무린에게 무공을 배우고 또 신강이란 머나먼 곳에서 북경까지 이르는 여정 동안 그녀의 마음은 온전히 모두 무린만을 향하게 된 것이다.

물론 그 같은 마음을 드러내 놓고 표현하진 않았다.

자신이 다가서면 다가설수록 더더욱 멀어져 가는 무린

을 느낄 수 있기에 그저 그를 따르면 언젠가 자신을 향한 그 마음이 열리기만을 소망할 뿐이었다.

그렇기에 억지인 줄 알면서도 이렇듯 그를 졸라 동행하게 된 것이다.

조화만상곡의 마지막 악장 일묵무애지곡을 깨우칠 수 있도록 도와달라는 핑계를 대고 말이다.

하나 그것이 그저 말 그대로 핑계일 뿐임을 그녀 역시 잘 알고 있었다.

아직 네 번째 악장까지의 배움도 채 소화해 내지 못했는데 단 하나의 음으로 세상을 지배한다는 일묵무애지곡의 깨달음이 어느 세월에 찾아올 줄 알고 무린을 따르겠는가.

하나 그렇게라도 해서 무린의 눈에 가까운 곳에 머물고 싶었다.

멀어지면, 그가 신강으로 되돌아가면 다시는 볼 수 없을 것이란 생각이 들기에 그저 이렇게 그를 따르고자 하는 마음인 것이다.

"갑자기 관부의 포쾌들이 객잔으로 들이닥치는 바람에……."

그녀가 무한의 객잔을 떠나 이곳 대별산에 들어온 이유였다.

그것 역시 그녀 나름의 핑계일 뿐, 어설픈 관부의 포쾌들 따위가 지금의 그녀를 어찌할 수 없음을 무린도 알고 그녀 자신도 알고 있었다.

하나 사정이 그렇다고 하자 무린 역시 그녀를 더 이상 채근할 수 없었다.

정작 문제는 지금 무린이 찾아야 하는 존재 앞에서 그녀를 보호해 줄 수 있다고 장담할 수가 없다는 것이었다.

칠주야 전 이 근방에서 개방되었던 그의 힘은 아직 팔계의 균형을 뒤흔들 정도는 아니었다.

물론 그가 지닌 힘이 한계가 그때 보인 것 정도가 전부라면 그리 염려할 일이 아닐 수도 있었다.

하나 문제는 그것이 전부가 아닐 수도 있다는 것이다.

잠시 잠깐 펼쳐졌다 사라진 그 힘이 누굴 향해 펼쳐졌는지 알 수는 없었지만 그 정도의 힘만이라 해도 인세에 감당키 힘들 것이라는 사실만은 틀림없었다.

하니 그저 필요한 정도의 힘만 사용해 적을 제압했을 수도 있는 일이었다.

아니, 오히려 그렇게 판단하는 것이 옳은 일이라 생각하는 무린이었다.

공령은 비어 있는 힘.

때문에 다시 차고 비는 것에 구속받지 않는 힘이었다.

이는 이미 인간으로서 지닌 한계를 넘어선 영역이며 그런 힘을 지닌 이를 마주해야 하는데 골패륵 정도라면 몰라도 단목연화는 방해가 될 것이 분명했다.

물론 그런 상황이 정말로 닥친다면 상대가 이미 공령의 끝을 보아 반선에 이르렀을 터이니 결코 여인 따위를 위협하진 않을 것이다.

하나 사람의 일인 이상 어찌 모두 예측하는 방향으로만 흘러가겠는가.

당연히 그녀의 동행이 불편할 수밖에 없는 것이다.

그렇다고 반드시 이 산중 어딘가에 그가 있다고 장담할 수도 없으니 그녀만 따로 떨어뜨리기도 상황이 애매해져 버렸다.

'휴, 할 수 없구나. 그나저나 이렇게 되면 안 만나길 빌어야 하나.'

무린은 하는 수 없이 단목연화를 향해 말을 꺼냈다.

"따라와도 좋은데 한 가지만 약속해라."

"네, 말씀하세요."

"만일 내가 도망가라면 그냥 뒤돌아보지도 망설이지도 않고 냅다 뛰라는 것. 그렇게 할 수 있어?"

무린의 뜻하지 않은 음성에 단목연화가 꽤나 놀라는 표정이었다.

무린의 힘이 정확히 어느 정도인지는 확신하지 못하나 그녀 나름 짐작하는 것이 있었다.

조화만상곡을 자신에게 전수해 줄 정도라는 것을 빼고도 눈앞의 골패륵을 부린다는 것, 또 이천 명에 달하는 기병들을 뚫고 북원의 삼황자를 납치해 가욕관을 지켜 낸 일까지 생각하면 그 한계를 모를 정도로 강한 것이 무린이란 사내였다.

그런 무린이 마주해 도망가야 할 정도의 상대가 있다는 것은 쉬 상상이 가지 않는 일인 것이다.

이러한 생각은 골패륵 또한 마찬가지였다.

내내 말없이 따르긴 했지만 아득한 초원의 전설로부터 전해져 오는 전륜성왕의 환생인 자신의 주인이 누군가를 향해 두려움을 느낀다는 것은 생각조차 하지 못할 일이었다.

그런 두 사람의 마음을 알기라도 하는 듯 무린이 자신의 머리를 긁적이며 입을 열었다.

"하하하하! 뭐, 그런 일이야 안 생기겠지만…… 그나저나 여긴 대체 어디야? 이 산 넘으면 동정호로 가는 길이 나오려나?"

사실 중원의 지리에 관해선 무린이나 골패륵 모두 까막눈이나 다름없었다.

그나마 두 사람 보단 나은 것이 단목연화였다.

"악양까지 이십 일 안에 가려면 빠듯할지도 모릅니다. 게다가 무한 땅의 분위기가 흉흉해 뱃길을 이용하기도 쉽지 않을 거예요."

그녀의 음성은 조심스러웠다.

단오절 악양루에서 무린의 친우들이 다시 만나기로 약조했다고 들었는데, 벌써 며칠째 이곳 대별산을 벗어나지 않고 있는 무린을 보니 제 날짜 안에 도착하지 못할지도 모른다는 생각이 든 것이다.

이곳 대별산에서 동정호로 향하자면 거쳐야 할 곳이 한두 군데가 아니었다.

더구나 요 근자엔 각성에 내려진 전매권 문제 때문에 도처에 도적들이 출몰하여 관부에서도 오가는 이들에 대한 감시가 철저한 때였다.

물론 무린과 동행을 하면 그 어떤 제지도 받지 않고 무사통과할 수 있다는 것을 몇 번이고 경험했지만, 역모로 쫓기는 신세인 그녀의 입장에서야 불안한 마음을 전부 지우지 못하는 것도 사실이었다.

자칫 그 와중에 강호인들과 시비라도 붙게 되면 정체가 들통날 수도 있는 일이기 때문이었다.

그런저런 생각들로 마음이 복잡하기만 한 단목연화의

내심을 전혀 짐작하지 못하는지 무린의 입에선 뜬금없는 소리가 나왔다.

"동정호가 어딨는지만 알면 금방 갈 수 있으니까 신경 쓰지 마. 나한텐 저 녀석이 있으니까."

무린이 슬쩍 고개를 쳐들어 하늘을 올려다보자 단목연화의 시선 역시 그쪽으로 향했다.

그렇게 바라본 하늘 끝에는 거의 점으로 보일 만큼 작아 보이는 매 한 마리가 허공을 선회하고 있었다.

그제야 단목연화의 입에서 나직한 탄성이 흘러나왔다.

"아! 그렇군요…… 응구라고 했던가요?"

"늦었다 싶으면 녀석 보고 애들 좀 모으라고 하지 뭐. 그거 타고 날아가면 악양까지 금방이지 않겠어?"

무린의 말에 절로 고개가 끄덕여지는 단목연화였다.

과거에 이미 어마어마한 새 떼와 그걸 타고 하늘을 날아가던 무린을 본 기억이 있기 때문이었다.

그렇게 생각하면 또다시 무린의 진정한 정체가 궁금해지는 단목연화였다.

*   *   *

"이놈! 대체 어찌 된 일이냐? 놈을 내 앞으로 끌고

오라 하지 않았더냐? 한데 어찌 밤이 다 지나도록 소식이 없어?"

침소 위에 반라의 몸으로 비스듬히 걸쳐 있는 태공공의 음성은 전에 없이 격앙되어 있었다.

그런 태공공의 침상 주변엔 온통 새빨간 핏물들로 가득했고 그 한쪽으론 썰린 고깃덩이처럼 변한 채 아직도 숨이 끊어지지 않은 채 낮은 숨을 헐떡거리는 여인 한 명이 있었다.

살아 있는 채로 내장 전체가 뜯어 먹힌 끔찍한 모습, 그런 꼴을 목격한 여인의 눈은 곧 자신이 죽는다는 것을 잊을 정도로 깊은 공포에 젖어 있었다.

그런 여인을 바라보는 태공공의 새까만 동공은 무심하기만 했고 그 입가에서 뚝뚝 떨어지고 있는 핏물은 더없이 기괴하기만 했다.

나지막하게 마지막 숨을 내쉬는 여인을 향해 더없이 짜증으로 가득한 태공공의 음성이 이어졌다.

"궁녀란 년이 어디서 감히 통정을 했더란 말이냐! 죽일 년! 입맛만 버렸어! 퉤!"

입가에 핏물과 함께 튀어 나간 침이 그녀의 미간 사이를 그대로 뚫고 들어갔다.

퍽 소리와 함께 그대로 절명하는 궁녀와 이를 아무렇

지도 않게 뒤로한 채 다시금 음사를 바라보는 태공공의 새까만 눈동자는 그 어느 때보다 번들거리는 먹빛이었다.

이를 마주 대하는 음사 역시 더욱더 몸을 납작 엎드렸다.

"그것이…… 특별히 가려 뽑은 아이들을 일백이나 보냈사온데……."

말끝을 흐리며 눈치를 보기에 여념이 없는 음사로서도 답답한 것은 매한가지였다.

내밀원 위사 백 명이라면 구대문파의 장문인이라도 가볍게 찜 쪄 먹을 수 있는 무력이며 그들을 이끌고 있는 위사장 조담 또한 일 처리가 철두철미하기 이를 데 없는 이였다.

상대가 검마일지도 모른다는 소문 때문에 다소 과하게 손을 쓴 것임이 분명한데, 그들 모두가 소식 한 자락 없으니 음사 역시 일이 어떻게 된 것인지 몰라 답답하기만 했다.

어찌 되었든 상대는 고작 스물 중반의 애송이었다. 그것도 불과 오 년 전까진 그저 부마도위에 내정되었던 유생 나부랭이일 뿐이었다.

그런 이가 아무리 북궁세가의 유진을 얻고 또 다른 기연들을 얻었다 해도 그 짧은 시간 동안 내밀원 위사 백 명을 도주자 한 명 남겨 두지 않고 몰살시킬 수는 절대로 없다고 생각되었다.

하니 처음엔 그저 도망가는 놈을 추적하느라 내밀원 위사들이 몸을 빼지 못했을 것이라 짐작한 것이 전부였다.

하지만 시간이 지날수록 그것이 오판일지도 모른다는 생각이 커져 갔다.

아니나 다를까 최소한 한 명 정도는 비선이 되어 이곳으로 소식을 전해야 함에도 불구하고 해가 중천에 이르도록 감감 무소식인 것이다.

이는 이미 그들이 전멸했음을 의미하는 것이니 참담한 심정이 될 수밖에 없는 음사였다.

확실히 상대를 너무나 과소평가했다는 생각이었다.

아무리 북궁세가의 맥이 끊어졌다 해도 무려 환우오천존 중 검제의 무공을 이어받았다는 존재였다.

그런 이를 평범한 강호의 잣대로 재려 했던 것이 문제였다는 생각을 지울 길이 없었다.

그러한 존재들의 벽을 넘기 위해 생겨난 이가 바로 구대봉공이며 한때는 그 구대봉공의 제자로 살아 본 음사이기에 환우오천존의 무게감을 그저 전설로만 치부할 수 없는 것이다.

당금에 장강 이남의 무림을 뒤흔들다시피 한 벽마와 함께 그가 신주쌍마라 회자되고 있음을 똑똑히 반영했어야 한다는 후회가 밀려들었다.

그가 그저 유생이었다는 것, 강호와는 전혀 무관한 황사 가문의 핏줄이란 선입관이 이 모든 사태를 초래하게 만든 것이다.

'자고로 무명에 마(魔)가 붙는 쟈 누구 하나 살성 아닌 자 없다 하더니……'

일이 이렇게 되고 보니 뜬금없다고 느껴지기만 했던 곽영의 당부가 새삼스럽게 떠올랐다.

그저 태공공을 황궁 밖으로 나가지 못하게 하려는 의도가 전부인 줄 알았는데 이제 보니 다른 뜻이 있었다는 생각마저 들었다.

도대체 유가장의 후인과 곽영 사이에 무슨 접점이 있어 그를 보호하려 했는가 하는 의문이 떠나질 않았다.

하나 당장은 그런 의문들보다 눈앞에 존재하는 이 괴물의 진노를 가라앉히는 것이 더욱 큰일이었다.

요 근자 몸이 완전히 젊어진 것은 물론이요, 환관이 되기 위해 잘랐다는 하물조차 다시 만들어졌다는 이야기가 은밀히 떠돌고 있었다.

밤마다 그의 처소 밖으로 퍼져 나오는 여인의 교성 소리가 끊이지 않고 있으니 아무리 입 무거운 이들로 가득한 건청궁이라 해도 소문이 아니 퍼질 수가 없는 것이었다.

하나 그러한 소문이 퍼지는 것을 전혀 막지 않는 태공
공이었다.

이는 마치 스스로 다시 사내가 되었다는 것을 자랑이
라도 하는 태도였다.

남근을 상실한 환관들과 사내를 구하지 못하는 궁녀들
사이의 은밀한 통정이야 이미 하루 이틀 일이 아닐 만큼
오래되어 온 관습이라 하지만 그것이 들통나면 오체분시
에 처해질 만큼의 중죄이니 자금성의 규율은 그만큼이나
엄격한 것이었다.

한데 모든 환관들의 수장이라는 이가 대놓고 궁녀를
침대로 끌어들여 통정을 하는 소리가 궁 밖으로 울릴 정
도이니 그것만으로도 천참만륙이 되어도 시원치 않을 대
죄인 것이다.

하나 당금의 자금성 내에서 태공공의 행동을 막아설
이가 누구 하나 없는 것이 현실이었다.

그야말로 무소불위의 권력과 더불어 불사에 가까운 능
력까지 겸비한 그는 스스로 신에 가까워졌다 자부하고 있
는 것이니 그 무엇도 거리낄 것이 없는 것이다.

그런 이가 요 근자 조금씩 뜻하는 대로 일이 풀리지 않
음에 짜증이 쌓여 가고 있는 것이다.

버러지 같은 유림의 떨거지들이나 평소 눈도 마주치지 못하는 관료들의 상소 따위를 접하며 마음 같아선 당장에 그 모두를 찢어 죽이고 싶었으나 그야말로 가까스로 노기를 참아 내고 있었다.

이 모든 것이 곧 있을 무림왕을 뽑는 무림대회 때문에 벌어진 일이라 하니 그저 좋은 일을 앞두고 벌어지는 자그마한 액땜이라 여기는 것이다.

그나마 요 근자 사밀지학의 완성으로 남근이 되살아나 백여 년 세월 만에 계집 맛을 다시 보게 된 것을 위안거리로 삼고 있는 것이다.

그것이 없었다면 진즉에 뛰쳐나가 닥치는 대로 피 맛을 봤을 정도로 인내심이 한계까지 이른 상태였다.

그렇게 가까스로 살심을 억누르던 차에 다시 나타난 유가장의 핏줄은 더없이 신경을 자극하는 일이었다.

그리고 이제는 더 이상 분노를 억누를 수가 없는 상태가 되어 버렸다.

"감히! 버러지 같은 놈이 본 공공의 심기를 어지럽히다니. 내 직접 죽여 줄 것이다. 놈이 있는 곳이 매화촌이라 했더냐?"

마침내 폭발한 태공공이 당장 밖으로 나서려는 듯 움직이자 바닥에 엎드렸던 음사가 황급히 머리를 쥐어박았다.

"아니 되옵니다. 그 따위 하찮은 존재 때문에 어찌 공공께서 옥체를…… 크윽!"

다급히 그를 만류하다 갑작스레 터져 나온 음사의 비명.

태공공의 팔이 엿가락처럼 기다랗게 자라나 바닥에 엎드린 음사의 머리통을 부숴 트릴 듯 움켜쥔 것이다.

그런 태공공의 손톱 끝이 괴조의 발톱처럼 날카롭게 자라나 점점 음사의 머리통에 뚫고 들어가기 시작했다.

"크아아아악!"

도저히 참아 내지 못하는 비명을 토하는 음사, 하나 태공공의 손톱은 순간 거짓말처럼 사라졌고 늘어났던 팔 역시 원래의 모습으로 되돌아왔다.

"흐허허헉!"

음사의 머리통에 난 다섯 구멍에서 줄줄줄 핏물이 흘러내렸다.

그렇게 음사가 신음을 흘리는 사이 태공공의 입에서 쇳소리가 갈리는 듯한 음산한 음성이 흘러나왔다.

"주제를 알아! 네놈 따위가 무어라 감히 본 공공의 앞을 막는고. 이것이 마지막이야. 다시 한 번 본 공의 뜻을 거스른다면 네놈 머릿속이 무슨 맛인지 직접 확인할 것이다."

더없이 음산한 그 음성에 음사는 아무런 말도 못하고 그저 부들부들 떨기만 했다.

지금 그의 말이 빈말이 아님을 확실히 느끼고 있기 때문이었다.

"따라나서 뒤처리를 해라. 내 친히 그놈을 씹어 먹어 줄 것이니……."

그렇게 태공공이 건청궁을 나섰다.

음사 또한 고통으로 정신이 혼미한 와중에도 하염없이 그 뒤를 따를 수밖에 없었다.

그런 음사에게 곽영의 부탁 따윈 까맣게 지워진 상태였다.

*   *   *

이른 아침 나절부터 병사들이 한데 모여 내는 기합 소리로 도지휘부의 병영은 떠나갈 듯 요란하기만 했다.

금군 제일 무장이라는 곽영이 도지휘사로 임관한 후부터 시작된 병사들의 조련은 매우 엄격해 하북성 금군의 기강은 그 어떤 강군들과 비교를 불허할 정도로 대단한 상태로 변해 있었다.

그렇게 병사들이 병진을 짜고 개개인의 연무를 위해 구슬땀을 흘리는 병영 사이로 한 줄기 미풍과도 같은 바람이 불어왔다.

그 바람은 병사들 사이를 표표히 지나 지휘부 내 자리한 도지휘사의 내전까지 스며들었다.

변변한 집기나 그 흔한 수묵화나 병풍 하나 찾아볼 수 없이 단출하기만 한 집무전에서 일을 보고 있던 곽영은 바람이 스며드는 것과 함께 황급히 자리에서 일어섰다.

"대인! 어찌하여 기별도 없이 찾으셨습니까!"

마주하는 태도에 이는 더없이 공경한 태도에 난데없이 나타난 푸른 학창의의 중년 사내가 가볍게 응대했다.

"몇 가지 당부할 것이 있어서 찾았네."

사내의 말에 곽영은 또다시 극상의 예로 그를 대했다.

"하면 사람을 통해 연통을 넣으시면 될 일을……"

그가 직접 찾아와 준 수고로움에 몸 둘 바를 모르겠다는 곽영의 태도에도 불구하고 흡사 문사와도 같은 분위기의 중년 사내는 담담하게 입을 열었다.

"개인적인 일인지라 면이 서지 않아서 말일세. 아무리 나라고 해도 충정으로 모인 이들을 어찌 사사로이 쓸 수 있겠는가?"

"대인! 그런 송구하신 말씀을! 번천회는 오직 대인의 의지가 있어 존재하는 곳입니다. 대인의 뜻은 곧 회의 뜻, 그것이……"

본심에서 우러나오는 충정의 말이었으나 곽영은 더 이

상 자신의 의지로 말을 꺼낼 수 있는 상황이 아니었다.

무언가 보이지 않는 기운들이 자신의 몸 안으로 스며들어 갑작스레 몸 안의 모든 기운을 소멸시켜 버린 듯한 느낌이었기 때문이다.

곽영이 황망한 마음으로 눈을 들어 마주보게 된 중년 사내의 눈빛에 곽영은 다시 한 번 황급히 머리를 조아려야만 했다.

그 눈에 서린 차가운 질책은 가벼운 것이었지만 그 가벼운 질책마저 절대로 함부로 내비치지 않은 것이 눈앞의 사내 유기문임을 잘 알기 때문이다.

더구나 자신의 내기를 흐트러뜨리며 말을 끊었다는 것은 그만큼 그가 진노하고 있다는 뜻이리라.

"내가 만들고자 하는 것은 또 다른 권력이나 힘이 아니오. 나를 따르는 이를 내 사사로이 쓴다면 그것이 우리가 부수려는 이들과 무엇이 다르겠소? 이를 명심, 또 명심해야 할 것이오."

담담하게 흘러나오는 유기문의 질책에 곽영은 더더욱 몸을 숙일 수밖에 없었다.

"송구합니다. 대인. 제 생각이 짧았사옵니다."

"쉽지는 않을 것이오. 어찌 살아온 시간이 있는데 익숙한 것이 단번에 바뀌겠소. 하나 그대는 번천회가 지닌 무

(武)의 중심! 천번(天飜)의 때에 혼란한 세상을 병권으로 바로잡아야 하는 막중한 사명이 있음을 잊어서는 아니 될 것이오. 하니 그대 또한 훗날 스스로의 권위를 내세운 자가 된다면 내 결코 좌시하지 않을 것임을 주지하시오."

다시금 이어지는 유기문의 무거운 질책에 곽영은 황급히 그 앞에 부복하며 외쳤다.

"대인! 저 곽영은 오직 대인을 따르옵니다. 그저 대인께서 보여 주신 무의 길을 따르고자 함이니 일신의 권력과 안위를 꿈꿔 본 적 없음을 이 자리에서 목을 걸고 맹세할 수 있사옵니다."

곽영의 진심이 절절 흘러나오는 음성에 유기문은 웃었다.

"내 어찌 그것을 모르겠소. 그대의 진심을 보았기에 그대가 지금 이 자리에 있을 수 있는 것이 아니겠소. 일어나시오. 사사로운 부탁으로 온 나를 면박 주려는 것이 아니면……."

유기문의 더없이 인자한 음성이 흘러나오자 곽영은 힘겹게 몸을 세웠고 다시금 유기문 앞에 공손히 시립했다.

"내게 핏줄이 하나 있음을 알 것이오. 그 아이가 이곳에 온 것을 알고 있소?"

"네, 대인. 하여 조치를 취하였사옵니다."

곽영의 말에 유기문은 잠시간 나직한 탄성을 내뱉었다.

"허, 내 한 발 늦었단 말이구려."

"무슨 말씀이온지? 일전에 제게 당부하시길 혹 유가장의 공자께서 나타나시거든 태공공 그 자만 마주치지 않게 하라 하시었습니다. 소인 그 뜻을 따랐거늘 혹 공자의 무위가 예상하는 것보다 낮았던 것이옵니까? 그렇다면 소인 서둘러 나서겠습니다."

곽영은 조심스럽게 입을 열었으나 마주한 유기문의 표정은 외려 다른 고민이 있는 것처럼 잠시간 일그러졌다.

"그 반대라서 문제라오. 불이곡의 노사께서 아주 괴물을 만들어 세상에 내놓았더이다. 자칫 그 아이로 인해 대계가 흐트러질 수 있기에 서둘렀건만⋯⋯."

"무슨 말씀이온지⋯⋯?"

"그 아이로 인해 늙은 환관이 사라질 수도 있단 말이외다. 일은 사람이 꾸며도 성사는 하늘에 달려 있다 하더니⋯⋯."

유기문의 눈가에 더욱더 깊은 고민이 서리는 듯하자 영문 모르는 곽영의 눈빛은 의아함으로 가득 차올랐다.

음사에 비할 바는 아니지만 그 누구보다 태공공을 자주 만나는 자리에 있기에 그가 지닌 일신의 능력이 얼마나 대단한지 잘 아는 곽영이었다.

자신의 온전한 무위를 전부 다 드러낸다 해도 아직은

부족하다 여길 정도의 마물이 되어 버린 것이 지금의 태공공이었다.

하나 눈앞의 유기문이란 존재가 있기에 태공공은 그저 늙은 환관일 뿐이며 꼭두각시 노릇이나 하는 존재일 뿐이라 치부할 수 있었다.

당장 그의 권세를 빌어 모든 계획을 진행시키고 있으니 그의 수족처럼 행동하지만 때가 되면 눈앞의 유기문에 의해 그동안의 죗값을 낱낱이 달게 받게 될 이가 태공공이라 확신하는 것이다.

그렇다고 해도 태공공이 눈앞에 선 유기문 외에 다른 누군가에 의해 제거될 수 있다는 것은 상상도 하지 못할 일이었다.

"일을 서둘러야 할지 모르겠소. 다행히 하늘의 보살핌이 있어 망균의 원정을 구했으니 앞으로 천목산의 일은 한 치의 오차도 없이 진행해야 할 것이오."

"네! 대인. 하면 공자님의 안위는……."

"걱정할 필요 없소. 그보단 늙은 환관이 사라진 후를 대비하는 것이 옳을 것이오."

第七章

업(業)을 등에 지고

무산으로 구파의 무인들이 대거 이동한다는 소식을 들은 단목강은 모든 일을 제쳐 두고 황급히 북경을 떠났다.

　그들의 목적이 벽마(霹魔)라는 이름으로 불리는 의형 사다인을 추살하기 위해서라는 것을 알게 된 이상 머뭇거릴 수가 없었다.

　더구나 그가 무림의 공적이 되다시피 한 이유가 자기 자신 때문임을 아는 이상 도저히 두고 볼 수만은 없는 일이었다.

　다행히 사다인이 살아남은 단목세가의 가신들과 함께 무산 깊숙한 곳에 위치한 은신처에 몸을 숨기고 있다지만, 오랜 세월 동안 숨죽여 왔던 구대문파의 무인들이 일제히 무산으로 몰려들고 있는 상황을 도저히 방관하고만 있을 수가 없었다.

자칫 사다인뿐 아니라 세가의 남은 가신들마저 크나큰 위기에 봉착할 수도 있는 일이니 한동안 다급한 마음만 앞선 것도 사실이었다.

한데 무산의 지척에 도착할 즈음 맥이 탁 풀리는 소릴 듣게 되었다.

건량을 마련하기 위해 객잔에 들른 그때 뜻하지 않게 그곳에 모여든 강호인들로부터 사다인이 벌써 무산을 벗어났다는 이야길 들어 버린 것이다.

그리고 그 와중에 수많은 섬서 무인들의 목숨이 끊어졌다고 하며 특히나 화산파의 피해는 이루 말할 수 없을 정도라는 것이다.

이번에 나섰던 장로들 중 셋이 죽고 화산육선이라 칭해지는 전대 장로들마저 모두 기식이 엄연할 정도의 중상을 입었다 하니 화산파의 근간이 다 흔들릴 정도의 피해인 것이다.

그뿐 아니라 평제자들은 물론 화산의 자랑이라는 매화검수들마저 수십이 넘게 고혼이 되었으니 이는 지난 수백 년 이래로 화산파가 당한 가장 커다란 피해라는 이야기들이 쉼 없이 들려왔다.

사정이 그렇다는 것을 알게 된 단목강은 굳이 서둘러 무산으로 향할 이유가 없어져 버렸다.

괜스레 무산을 헤매다 남아 있는 이들과 마주쳐 좋을 것이 없으며 혹 자신의 정체가 들통 나거나 그도 아니면 단목세가의 은신처가 발각되는 일이 벌어질 수도 있는 일이었다.

하니 당분간은 그저 이렇듯 객잔에 머물며 무산 쪽에서 들려오는 소문들을 파악하고 또 앞으로 해야 할 일을 되짚어 보는 시간을 갖고 있는 것이다.

그렇게 단목강이 자리 잡은 곳은 무산에서 하루거리에 위치한 평리현이란 곳이었는데 그곳은 섬서와 호북 그리고 호남의 경계가 교차하는 곳이었다.

그렇다고 해서 무슨 교통의 요충지라거나 커다란 상단의 거점 같은 것이 있는 곳은 아니었고, 그저 상주하는 인구가 오천이나 될까 말까 한 자그마한 변두리의 도시일 뿐이었다.

섬서, 호북, 호남의 경계가 맞닿아 있다지만 서쪽으론 무산이 자리하고 그 아래로 삼협의 물줄기가 너무나도 거세 강남으로 향할 수도 없는 지역인지라 평소라면 뜨내기들조차 쉬 찾아오지 않는 곳이 바로 평리현이란 곳이었다.

그런 이유로 평리현 전체를 통틀어서 객잔이라고는 단 하나뿐이었다.

그나마 그것도 만복객잔이란 편액만 빼면 곧 무너진다 해도 이상할 것 없을 정도로 허름한 곳이었다.

평소에는 그저 파리만 날리는 곳이 바로 만복객잔이었는데 이번 무산의 일로 뜻하지 않게 문전성시를 이루고 있었다.

당연히 만복객잔을 가득 채우고 있는 이들은 대부분은 무산에서 허탕을 친 채 돌아온 강호의 무인들이었다.

단목강도 그들 틈에 섞여 자리를 잡고 앉은 상태였다.

자그마한 객잔에 사람들은 계속계속 밀려드니 어쩔 수 없이 낯 모르는 이들과 합석할 수밖에 없는 일, 스스로의 신분을 자그마한 지방 표국의 표사 출신이라 밝힌 단목강은 그들과 섞여 이런저런 이야기를 듣는데 여념이 없었다.

"그러니까 애초에 우리 같은 이들이 낄 자리가 아니라 하지 않았나. 그나저나 예서 다시 태원까지 가자면 몇 날을 고생해야 할 터인데 자네들 여비는 충분히 남았는가?"

"하긴 저 화산파가 그리될 정도면…… 우리 실력으로 언감생심 헛꿈을 꾼 게지."

"암, 강호에 이름을 날리는 것도 우선 살고 나서 할 일이야. 죽은 섬서의 무인들만 해도 근 이백을 헤아린다 하더구먼. 우린 조용히 돌아가 동네 애들이나 가르쳐야 할 거야."

자리를 주도하며 담소를 나누고 있는 중년 사내들은 모두 산서 땅 태원 출신으로 무슨 무슨 무관의 관주들이라고 했다.

그들 모두 느껴지는 내기가 거의 없으니 변변한 심법 하나 익히지 못한 삼류 무인들임은 틀림없었다.

지닌 무공 실력보다는 그저 마인을 제거한다는 명분에 한 팔 거들고 싶다는 협기로 먼 길을 떠나온 이들.

객잔을 가득 매운 다른 이들의 사정도 동석한 이들과 별반 다를 것이 없어 보였다.

단목강은 그런 이들 사이에 머물고 있으니 마음 한편이 불편한 것도 어쩔 수가 없었다.

단목강의 입장에서야 사다인의 편을 들 수밖에 없다지만 그들이 보기에 자신의 의형은 희대의 살성이며 마땅히 주살해야 할 무림공적일 뿐인 것이다.

또한 자신 역시 관부의 수배를 받는 몸이니 정체가 드러나는 순간 이들과도 적이 될 수도 있었다.

물론 그들이 자신에게 위협이 될 수 없다는 것은 분명하지만 단목세가의 재건에 남은 삶을 쏟아부어야 하는 단목강의 입장에선 더 이상 강호인들과의 악연은 만들지 말아야 하는 것이 당연한 일이었다.

과거 단목세가가 멸문하는 과정에서 관부와 결탁한 강호인들로 인해 수많은 세가 식솔들의 목숨이 끊어졌다.

그 일을 대놓고 나서 주도한 것은 분명 오대세가를 주축으로 만들어진 오수련이었지만 구대문파 역시 관부의 강력한 요청에 의해 자파의 무인들을 파견했던 것도 사실이었다.

하니 그때 흘러내린 세가 식솔들의 핏값을 받아 내자면 첫째가 이 모든 일의 원흉인 태공공이요, 둘째가 세가 식솔들을 주살하는데 앞장선 오수련의 무인들이라 할 수 있었다.

그러고도 남은 빚은 자의가 아니라지만 그 일에 한 발을 담구었던 강호의 문파들과 무림인들이었다.

하니 단목강에게 당금 강호에 적이 아니라 할 수 있는 이가 없다 할 상황이었다.

그렇다고 해서 그 모두와 싸울 생각은 전혀 없었다.

세가가 받은 만큼의 혈채를 받는 것, 그것이 강호의 법이란 사실을 알기에 그저 받은 것 그대로 돌려줄 생각이었다.

그리고 그들에게 단목세가가 여전히 천하제일가란 사

실을 똑똑히 각인시켜 줄 것이라 다짐하고 있는 것이다.

물론 그 모든 일을 행하기 이전에 단목세가가 지고 있는 역모의 굴레를 벗는 것이 선결되어야 함을 알기에 당장은 강호에 자신의 존재를 드러낼 수 없는 것 역시 어쩔 수가 없는 일이었다.

그러한 사정으로 인해 단목강은 평리현에 머물고 있으면서도 강호인들의 동향을 결코 소홀히 여길 수가 없었다.

그럴 즈음 객잔 입구로부터 자그마한 소란이 일기 시작했다.

전혀 예상치 못했던 한 무리의 도인들이 객잔 안으로 들어서며 일기 시작한 소란이었다.

또한 그보다 훨씬 많은 백의 도인들이 객잔 밖을 서성이고 있으니 모든 이들의 시선이 그리로 쏠릴 수밖에 없었다.

그렇게 나타난 도사들, 그들이 화산파의 인물들이란 것을 몰라보는 이들은 고작 늙은 객잔 주인 정도뿐이었다.

한데 평소 정갈하기 이를 데 없다고 알려진 그들의 백색 도복들이 남루하다 못해 초라해 보일 정도의 상태였다.

게다가 그중 몇몇은 시꺼먼 그을음으로 뒤덮인 채 다

른 이들의 등에 업힌 모습을 하고 있으니 그들이 벽마에게 당한 뒤 화산으로 돌아가는 부상자들의 무리라는 것을 누구나 짐작해 낼 수 있었다.

하지만 이미 객잔은 빈방이나 빈자리가 전혀 없는 상태.

상황이 그리되자 자리가 없다며 어찌해야 할 바를 몰라 하는 객잔 주인의 애처로운 음성만이 계속되었다.

"나으리! 보시다시피 이미 만석입니다. 다들 들어온 지 얼마 되지 않는 분들이라 양해를 구할 수도 없고……."

쩔쩔매는 객잔 주인의 음성에 그 앞에 섰던 젊은 화산파의 도사가 혀를 차며 시선을 돌렸다.

그리곤 자신을 주목하고 있는 객잔 안쪽을 향해 정중히 포권을 취했다.

"강호의 동도 여러분, 본인은 소신검(小神劍)이란 과분한 별호를 받은 화산파의 대제자 정천이라 합니다."

딱히 누구에게라고도 할 수 없이 객잔 전체에 울려 퍼진 그의 음성과 그 안에 실린 은은한 내기만으로도 젊은 도사의 성취가 결코 가볍지 않음이 여실히 드러났다.

하나 그런 그의 음성보다는 그가 밝힌 정체 때문에 객잔 안은 크게 술렁일 수밖에 없었다.

그가 바로 화산신검의 뒤를 잇는다는 화산파의 자랑이

자 따로이 십수(十秀)라 불리는 강호의 신진 후기지수들 중 한 명이라는 것 역시 널리 알려진 이야기였다.

그뿐 아니라 그는 당대의 매화검수들 중 가장 어린 도사일 뿐 아니라 화산신검의 숨겨 둔 아들일지도 모른다는 소문까지 더해진 인물이었다.

그것이 진실이든 아니든 섬서 땅에서 만큼은 대단한 이름을 날리는 인물로 그 위치 또한 결코 가볍지 않음은 틀림없는 이였다.

이런 상황만 아니라면 평생 얼굴 한 번 보기 힘든 상대가 분명하니 이런 곳에서 마주친다는 것만으로도 영광이 될 수 있는 인물이었다.

그런 화산파의 대제자가 자신들을 향해 정중히 이야기를 하는 상황, 누구 하나 경청하지 않는 이가 없는 분위기였다.

"본파의 상황을 익히 아실 것입니다. 하나 너무 걱정하진 마십시오. 장문 진인께서 매화검수들을 친히 대동하고 그 천인공노할 마인을 추격하고 계시니 머잖아 여러분께서 기다리는 소식이 들릴 것입니다."

소신검 정찬의 말에 호응해 몇몇 객잔의 인물들이 환호성을 내뱉으려다가 주변 눈치가 심상치 않아 황급히 입을 다물었다.

그도 그럴 수밖에 없는 것이 벽마란 마인이 지난날 보여 준 행보를 보면 정천의 말이 얼마나 허황된 것인지 금세 깨우칠 수 있기 때문이었다.

당세 제일이란 칭호가 아깝지 않은 것이 벽마였다.

그 홀로 강남을 지배하고 있는 오수련에게 붕괴에 가까운 타격을 입힌 존재이니 천중십좌가 모두 모여야 겨우 승부가 나지 않겠냐 하는 이야기가 퍼질 정도로 대단한 이가 바로 벽마였다.

하니 아무리 화산신검이 매화검수들을 대동한 채 나섰다고 해도 벽마를 잡기는 어려울 것이란 소문이 지배적인 것이다.

하니 단지 소신검 정천이 내뱉은 말은 그저 깎일 대로 깎인 자파의 자존심 때문에 꺼낸 이야기일 뿐인 것이다.

그동안에도 정천의 음성은 계속되었다.

"여러분들께서도 보시다시피 상황이 여의치 않아 부득불 여러 동도 여러분에게 도움을 청하오니 부디 본 파의 제자들이 이곳에서 쉬어 갈 수 있도록 허락해 주십시오."

정천의 음성이 그렇게 끝을 맺자 객잔 안은 다시금 술렁이기 시작했다.

몇몇은 인상을 찌푸리기도 했으나 그런 이는 아주 극소수였고 대부분은 주섬주섬 자리를 뜨려는 모양새였다.

말이야 그저 양보를 부탁한다고 해도 눈치 없이 버티다가 괜히 화산파와 척을 지기라도 한다면 좋을 일이 전혀 없다는 것 정도는 모두가 분위기로도 알아차리고 있는 것이다.

게다가 정천의 말처럼 훗날 이 일을 빌미로 화산파와 인연을 이어 갈 수 있다면 그것 역시 나쁠 일이 전혀 없는 것이었다.

운이 좋으면 핏줄 하나를 화산파의 제자로 들일 수 있을지도 모르는 일인 것이다.

그러던 차 단목강과 동석해 있던 이들 중 하나가 재빠르게 자리를 박차고 일어섰다.

"태원 낙성무관의 관주 홍열검(紅熱劍) 조탁문이라 하외다. 어려움에 처한 동도를 외면하면 그 어찌 강호의 무인이라 하겠소이까. 나 홍열검은 화산파에 마땅히 자리를 양보할 것입니다."

몇 번이나 자신의 별호를 말하며 제법 호탕한 모습으로 나서는 조탁문을 향해 정천은 공손히 포권을 취했다.

"아! 호열검 조 대협이시었구려. 태원 낙성무관의 은혜를 화산은 결코 잊지 않을 것입니다."

정천의 그러한 응대가 이어지자 이전까지 그저 술렁이기만 하던 객잔의 분위기는 어느새 앞다투어 밖으로 나가려는 이들로 더없이 분주해졌다.

화산파가 오늘의 일을 기억한다는데 하루쯤 풍찬노숙을 한다고 해서 문제될 것이 어디 있겠냐는 태도들이었다.

그런 이유로 자신의 별호와 이름들을 연신 정천 앞에서 떠드는 이들로 한동안 객잔의 입구는 북새통을 이루었을 정도였다.

그렇게 잠시의 시간이 지난 후 객잔 안은 남은 이들이 거의 없어지게 되었다.

구석 자리에 있었는지 없었는지 모를 초로인 하나가 전부였으니 단목강 역시 슬그머니 자리에서 일어설 수밖에 없었다.

그 또한 늦게까지 자리를 차지하긴 했지만 그곳에 남아 있을 생각은 전혀 없었다.

단지 남들과 다투면서까지 그들에게 자신을 잘 봐달라고 할 이유가 없으니 그저 입구가 한가해지기를 기다렸다가 뒤늦게 일어선 것뿐이었다.

그렇다고 딱히 주목받을 이유 또한 없으니 단목강은 그저 정천을 향해 가볍게 포권을 취한 뒤 그 곁을 지나치려 했다.

한데 내내 자신을 지나치던 이들을 향해 포권으로 응

대하던 정천이 그냥 나가려는 단목강을 불러 세웠다.

"형장! 행색을 보아하니 강호 초출인 듯하온데 아직 별호를 얻지 못했다 해도 본 파가 그 이름을 기억할 것입니다. 그냥 나가시면 본 파가 쫓아낸 모양새가 되지 않겠소?"

정천의 음성은 정중했지만 은연중 단목강에게 기세를 쏘아냈다.

그것은 어디 가서 쓸데없는 소리하지 말라는 은근한 압박이 가미된 것이었다.

물론 단목강에게 그 정도 기세라고 해 봐야 과거 폐관의 들기 전에도 해가 되지 않을 정도이니 위협이라고 느낄 게재가 전혀 못되었다.

그렇다고 괜한 분란을 자초할 정도로 수양이 낮은 것도 아닌지라 단목강은 정천을 향해 다시금 포권을 취했다.

"아! 송구합니다. 말씀처럼 경험이 없는 터라 예를 소홀히 했습니다. 장사의 자그마한 표국에 몸을 의탁하는 무명소졸이니 도장께선 그리 신경 쓰실 일이 아닙니다. 그럼 이만……."

그렇게 말한 뒤 단목강은 뒤돌아 객잔을 나섰지만 정천이란 도사의 얼굴이 벌써 잔뜩 일그러진 것을 목격한

후였다.

끝까지 이름을 밝히지 않은 것 때문이라 해도 그 성정이 표리부동해 사람들 앞에 설 때와는 다른 이라는 것을 확연히 느낄 수 있었다.

그렇다고 그를 이해 못할 것도 아니었다.

어찌 되었든 화산파의 기둥뿌리가 뒤흔들 정도의 피해를 당한 처지에 삼류에 가까운 무인들을 하나하나 응대하며 양보를 받아 낸 그 행동만으로도 충분히 높이 평가할 만하다 생각이 들었기 때문이었다.

여하간 더 이상 머물 이유가 없어졌으니 서둘러 길을 나서려는 단목강이었다.

한데 그렇게 객잔 밖으로 나선 단목강의 귓가로 안쪽에서 꽤나 날카로운 음성이 들려왔다.

"아니, 육가 노인이 여기 어쩐 일이시오?"

정천의 음성이 꽤나 높아진 터라 단목강 역시 호기심에 슬쩍 고개를 돌려 객잔 안쪽을 보게 되었다.

그곳엔 마지막까지 남았던 노인과 정천이 마주하고 있었는데 때마침 노인의 나직한 음성이 들려왔다.

"이 늙은이가 여태껏 먹고 산 것이 화산파 때문인데 어찌 모른 척하겠습니까? 흉한 일이 벌어졌다 들어 일이 손에 잡히지 않는지라…… 다행히 제가 모아 둔 돈이 조금 있어 이렇듯 찾았……."

그저 평범하게만 보이는 노인의 태도는 정천 앞에서 더없이 굽실거리고 있었는데 이제껏 담담하기만 하던 정천이 갑작스레 노인을 향해 대노한 음성을 터트렸다.

"이 늙은이가 대체 무슨 소릴 지껄이는 거야! 산문 앞에서 객잔질이나 하는 당신 따위에게 동정을 받을 정도로 본 파가 우습게 보인다는 거야!"

당장에라도 씹어 먹을 듯 보이는 정천의 눈빛에 노인은 잔뜩 움츠러들었다.

그러면서도 품에서 꺼낸 제법 묵직해 보이는 전낭을 탁자 위에 올려놓는 것을 잊지 않은 채 정천을 지나쳐 객잔 밖으로 나서는 것이었다.

그때까지도 화가 풀리지 않은 듯 정천은 노인의 두고 간 전낭을 발로 차 버렸고 그러자 전낭이 찢기며 튀어나온 은원보 수십 개가 객잔 바닥을 나뒹굴었다.

그러거나 말거나 노인은 너무나 풀이 죽은 모습으로 힘없이 걸음을 옮길 뿐이었다.

그렇게 노인이 나오자 외려 객잔 밖에서 머물던 화산파의 도사들 중 몇이 아는 채를 했다.

"육 노인이 아니시오?"

"객잔은 어쩌시고 여길?"

몇몇이 나서 어깨가 축 늘어진 노인을 향해 아는 체를 했지만 노인은 그들의 반응을 못 들은 척 터벅터벅 걸음을 옮기는 것이 전부였다.

그러자 다시금 어린 도사들 사이의 대화가 이어졌다.

"삼사형, 저분이 누구신데……?"

"아, 너는 초행이라 모르겠구나. 산문 아래 있는 육가 객잔의 주인장이 바로 저 노인이시다. 보기엔 허름해도 소면 맛이 일품이지. 멀리 화흠에까지 알려질 정도로 맛 하나는 괜찮은 곳이지."

"허면 그냥 객잔 주인이란 말씀입니까? 헌데 왜 저런 사람이 여길?"

"산문 앞에서 오랜 시간 본 파의 내방객 덕에 먹고 살았다. 하니 떠도는 소문을 듣고 모른 척하기 미안해서 왔을 것이다."

"아! 그래서 대사형께서 저리 역정을……."

"쉿! 조심하거라. 대사형 성정에 본 파가 값싼 동정을 받는 것을 어찌 두고 보겠느냐?"

"네, 삼사형."

그렇게 두런두런 이어지는 화산파 제자들의 이야기를 그저 한 귀로 흘려들으며 그곳을 떠나는 단목강의 머릿속으로도 잠시 잠깐 의문이 일었다.

'그저 평범한 노인인가?'

단목강이 노인의 정체를 궁금해하는 이유는 다른 것 때문이 아니었다.

그 눈에 서린 슬픔과 절망의 감정이 객잔 안의 정천이나 객잔 밖의 다른 도사들보다 더욱더 절실해 보였기 때문이다.

흡사 자식을 방금 전 잃은 듯한 그런 슬픔이 노인의 눈빛과 축 처진 어깨에서 절절히 느껴졌으니 뭔가 더 깊은 사연이 있는 것은 아닌가 하는 생각이 든 것이다.

그렇다고 더 이상 스쳐 가는 노인에 관한 생각을 붙잡고 있을 때는 아니었다.

섬서 땅에선 더 볼일이 없고, 아직까지 남은 이들 때문에 무산 인근으로 가는 것도 좋은 선택은 아닌지라 조금 이르지만 악양으로 향하기로 마음먹은 것이다.

단오절이 오면 동정호 악양루에서 만나기로 한 약조의 날이 보름 조금 넘게 남았으니 시간은 아직 넉넉한 편이었다.

하니 천천히 이동하며 세간에 떠도는 소문들과 자신의 계획을 되짚어 볼 생각이었다.

그렇게 단목강은 평리현을 벗어나 호북으로 향하는 산로를 택했다.

삼협의 물줄기 때문에 어쩔 수 없이 호북으로 돌아 장강을 넘을 생각인 것이다.

그렇게 택한 산로는 오가는 이 하나 찾을 수 없을 정도로 적막하기만 했다.

앞서 객잔을 나섰던 이들 대부분이 관도를 통해 북상한 반면 단목강이 택한 길은 장사치들조차 쉬 다니지 않을 정도로 험한 곳이었다.

며칠을 쉼 없이 가야 겨우 자그마한 마을 하나를 만날 정도로 외진 곳, 하나 그것은 범인들의 기준일 뿐이었다.

인적이 완전히 끊어지는 곳에 이르자 단목강은 발걸음에 힘을 더하기 시작했다.

오 년의 폐관으로 일신의 무위가 극에 달한 단목강의 움직임은 그가 펼치기 시작한 경공에서도 그대로 드러났다.

이전에도 성취가 결코 낮지 않았던 그의 경신공부는 무제의 절기를 습득한 뒤 일취월장해 몇 개의 산자락을 화살처럼 타 넘는 동안에도 땀 한 방울 흘러내리지 않을 정도였다.

그런 단목강의 걸음이 어느 순간 그 자리에서 뚝 하고 멈추어야만 했다.

또한 그 순간 단목강의 두 눈에 서린 것은 이전까진 전혀 찾아볼 수 없었던 엄청난 긴장감이었다.

단목강이 그대로 멈춰 선 이유.

그것은 눈앞에 보이는 좁다란 산로 가운데 걸터앉아 있는 노인의 존재 때문이었다.

조금 전 객잔에서 스쳐 가듯 보았던 노인.

화산파의 산문 앞에서 객잔을 운영한다던 그 노인이 경신술로 산자락을 몇 개나 타 넘은 자신 앞에 떡 하니 자리하고 있는 것이다.

그것만으로도 도저히 평범한 노인일 수 없는 것이 자명한 일.

아니나 다를까 노인의 시선이 무심하게 단목강을 향했고 그의 왜소해 보이는 몸뚱이 또한 천천히 일어서고 있었다.

"그리 나쁜 사람은 아니니 놀랄 것 없다네. 다만 소형제의 정체가 짐작되지 않아 그저 노파심에 나선 것일 뿐이니⋯⋯."

뜬금없는 노인의 말에 단목강의 얼굴이 더욱 굳어졌다.

그러는 사이 다시금 노인의 음성이 이어졌다.

"얼굴색을 보니 흑면수라는 놈은 아닐 테고 등에 맨 도를 보니 검마란 종자도 아닐 터인데 대체 어디서 소형제 같은 이가 나왔을꼬?"

은근한 태도로 사문이나 출신을 밝히라 하는 노인이었지만 이를 곧이곧대로 대답해 줄 수 없는 일이었다.

그러는 사이 단목강의 머릿속은 더없이 복잡해졌다.

그러다 그가 어찌 자신의 정체를 의심했을까 하는 생각까지 이어졌고, 그러자 정천이란 젊은 도사가 내뿜던 기세를 가볍게 흘려 버렸던 일이 떠올랐다.

그제야 자신의 정체를 의심한 노인의 행동이 이해되었다. 또한 그것을 깨닫자 마음 한구석 가득하던 불안감 역시 사라졌다.

자신은 노인의 경지가 보이지 않는데 그가 자신을 뚫어 보았다고 생각하여 혹 자신의 무경을 넘은 존재가 아닐까 걱정을 했던 것뿐이었다.

한데 그저 조금 전 객잔에서의 일로 짐작했을 뿐이라면 노인 역시 자신의 무위를 제대로 파악치 못하고 있다는 말이었다.

또한 그것을 증명하듯 노인에게선 일말의 긴장감도 느껴지지 않았다.

노인이 자신을 무시하고 있다는 것.

그렇다면 이 승부에서 자신이 훨씬 유리하다는 것이니 두려울 이유가 전혀 없는 것이다.

하지만 정작 가장 큰 문제는 눈앞을 막고 선 이 평범해 보이는 노인의 진실된 정체였다.

왜소한 체구를 일으키자마자 느껴지는 압박감이 실로 무시무시했으며 이는 과거 부친에게서나 볼 수 있었을 법한 기운이었다.

하니 단목강 역시 노인과 마찬가지로 어디서 이런 존재가 나타났을까 하는 생각을 지울 수가 없는 것이다.

"그렇게 말씀하시는 노인장께선 뉘신데 길을 막으시는 것인지요?"

단목강의 응대는 어느새 담담해졌다.

그런 단목강의 태도에 노인의 미간이 잠시 일그러졌다가 펴지며 무언가 고민을 하는 듯한 음성을 내뱉었다.

"흠! 팽가는 아닌 듯하고 혹시 단목이란 성을 쓰는가?"

예상치 못했던 노인의 말에 단목강의 얼굴이 일순간 굳어졌다.

"역시! 그렇구먼. 단목세가에 소룡이 한 마리 있어 비상을 꿈꾸고 있다는 이야길 들은 기억이 있네만, 직접 보니 소룡이 아니라 어느새 창룡이 되었구먼. 여하튼 헛걸음을 한 것은 아니라 다행일세."

노인은 그리 말하며 허리춤 안쪽에 매어 두었던 투박한 박도를 꺼내 들었다.

적아가 분명해졌으니 싸우는 일만 남았다는 듯한 태도.

하나 상황을 이해할 수 없는 단목강에게는 더욱더 깊은 의문만이 가득했다.

그런 단목강의 의문을 풀어 주기라도 하겠다는 듯 노인의 입에서는 다시금 나직한 음성이 흘러나왔다.

"흑면수라라는 그 망종이 단목세가의 일에 깊이 개입되어 있다질 않는가? 하니 자넬 잡아두면 그 망종 또한 내 앞에 나타날 것이 아닌가? 혹, 과한 내 손속을 이해하지 못할까 싶어 말해 두겠네만 화산파가 입은 핏값은 자네 생각보다 훨씬 클 걸세……."

그렇게까지 이어진 노인의 담담한 음성에 이제껏 의문만으로 가득하던 단목강의 입이 열렸다.

"혹시 중살(衆殺)?"

"끌끌끌. 그렇다고들 하지. 하나 정확히는 봉공들 중 삼공이라 불리고 있다……."

다잡은 먹이를 앞에 두고 있다는 듯 여유롭던 노인의 음성이 어느 순간 뚝 끊기고 말았다.

그가 자신의 정체를 밝힌 순간 일변하기 시작한 단목강의 기세에 두 눈마저 동그랗게 치떠야 했던 것이다.

그리고 그 순간 터져 나온 단목강의 일갈!

"이놈!"

산중이 떠나갈 듯 터져 나오는 분노의 음성과 함께 여

덟 갈래의 빛이 노인을 향해 짓쳐 들어왔다.

팔비신륜!

그 섬광 같은 신륜의 빠르기에 잠시간 대경실색했던 노인의 얼굴에 한순간 미소가 서리기 시작했다.

"흘흘! 말년의 홍복이로고. 하나 무제의 절기 따위 이미 까마득히 넘었음을 알아야 할 것이다."

노인의 박도가 소리 없이 뻗어 나가며 여덟 줄기의 빛줄기를 정신없이 난타했다.

카캉! 카캉! 카캉!

귀청을 찢을 듯한 금속음이 연달아 터져 나오는 그 순간 어느새 단목강의 신형은 노인을 향해 쏘아지고 있다.

그의 손에 들린 묵빛 단봉과 그 끝에 솟아난 월인의 도신에 어린 것은 세상을 그대로 양단할 듯한 거대한 도강이었다.

하나 그 강렬한 기세 앞에서도 노인은 절대 물러섬이 없었다.

노인의 신형 역시 지면을 박차고 화살처럼 쏘아졌으며 그의 박도 끝에도 선명히 빛을 내는 섬광이 어려 있었다.

쾅!

지축이 무너질 듯한 굉음.

그리고 비산하는 먼지와 그들이 만들어 낸 여파가 이름 없는 산로를 폐허에 가깝게 만들기 시작했다.

그렇게 세상에 알려지지 않은 또 다른 절대 고수의 생사혈전이 섬서의 끝자락에서 펼쳐지고 있는 것이다.

第八章

하나의 결착

밤 사이 내밀원의 위사 일백의 목숨이 끊어진 매화촌
의 아침은 느닷없는 분주함에 휩싸여 있었다.

　정체 모를 이들 수십 명이 수레를 끌고 나타나 여기저
기 흩어진 시신들을 빠르게 수습해 가고 있었기 때문이
다.

　그런 일을 그저 지켜보기만 하는 연후의 내심은 복잡
하기만 했다.

　지난밤에는 그저 적으로만 보여 수급을 베었던 이들이
지만 단지 주검이 되어 버린 이들의 처리를 마냥 담담한
마음으로 지켜볼 수만은 없는 것이 솔직한 심정이었다.

　특히나 그 시신들은 제대로 보존조차 되지 않은 채 커

다란 넝마에 구겨 넣어지고 있었다.

그렇게 시신을 담은 넝마 또한 수레에 짐짝처럼 실리고 있었고.

흡사 도축된 고기들이 팔려 나가기 전 저런 모습이지 않을까 하는 생각마저 일어 연후는 그 심난함이 더해 갔다.

특히나 그 모든 일을 말없이 그리고 능숙하게 처리하고 있는 정체 모를 사내들을 생각하자 과연 자신이 행한 일이 옳은 일이었는가 하는 의문마저 들 정도였다.

그런 연후의 곁으로 당예예가 조심스레 다가왔다.

"괘념치 마세요. 저들 하오문 사람들은 입이 꽤나 무거운 이들이니까요. 덕분에 남아 있는 여비에다 당가패까지 덤으로 얹어 주었으니 이 빚은 언젠가 톡톡히 갚으셔야 합니다."

눈앞에 보이는 상황과 달리 그녀의 음성은 꽤나 밝아 보여 그 아리따운 얼굴과 도저히 어울리지 않는다 여겨졌다.

순간 연후는 이런 것이 강호의 여인인가 하는 생각을 다시 한 번 할 수밖에 없었다.

시신들의 수습을 위해 관부에 연락을 취하려 하는 자신을 극구 만류한 것이 그녀였다.

"하고자 하는 복수가 끝이 난 것이 아니라면 소녀의 말을 따르시지요. 관이 끼어들어 봐야 좋을 것 없습니다. 저들이 태공공의 수족들임이 분명한 이상 유 공자께서 곤란한 상황에 처하는 것이 뻔하지 않겠습니까?"

확실히 그녀의 말은 일리가 있었다.

연후 역시 저들이 과거 유가장의 멸문과 연관된 이들이라는 이야기 따위가 관부에 통할 리 없다는 것을 잘 알고 있었다.

다만 시신들을 수습해야 하니 어쩔 수 없는 심정으로 관부에 연락을 취하고자 했던 것이다.

한데 그녀가 새벽 나절 어딘가를 다녀오더니 허름한 옷을 입은 장정들 수십을 동반한 채 시신들을 수습하기 시작한 것이다.

그런 일련의 과정들이 상상도 하지 못할 정도로 능숙한 그녀였기에 연후는 한동안 말문이 막힐 수밖에 없었다.

"강호에는 많은 분란이 일고 또 많은 이들이 소리 소문 없이 죽어 나갑니다. 그때 저들을 이용하면 비교적 깔끔하게 처리할 수 있습니다. 물론 비용이 많이 든다는 단점이 있긴 하지만요……."

연후 또한 이미 섬서 땅에서 하오문을 이용해 정보를

얻은 적이 있지만 저들이 이런 종류의 일까지 의뢰받는다는 사실은 처음 알게 되었다.

그리되자 어찌하여 강호의 무인들이 저들 하오문의 사람들을 그토록 천시 여기는지 조금은 이해할 수 있게 되었다.

소위 말해 돈이 되는 일이라면 어떤 일이라도 발 벗고 나서는 이들이 그들이니 명예를 그토록 중시한다는 강호인들이 하오문을 천시하는 것이 당연해 보인 것이다.

어찌 되었든 그렇게 하오문의 사람들은 재빠르게 시신들을 수습하였고, 눈에 보이는 혈흔들마저 하나둘씩 말끔하게 지워 낸 채 매화촌을 떠나갔다.

그런 일련의 과정들이 모두 끝나자 다시금 매화촌엔 두 사람만 남게 되었다.

"당 소저께 신세를 졌습니다. 기회가 되면 꼭 갚도록 하겠습니다."

연후가 정중히 오늘의 일에 감사함을 표하자 당예예가 희미한 미소를 지었다.

"후훗! 강호의 사람들은 함부로 그런 다짐을 하지 않는 법이라 말씀드렸던 것 같은데요."

그녀의 밝은 미소가 조금은 거슬린 연후가 다시금 정색을 했다.

"소생은 강호의 법이 무엇인지 잘 모릅니다. 다만 신세를 지면 갚는 것이 마땅한 사람의 도리라는 것을 알 뿐이지요."

"아! 미안해요. 그런 뜻이 아니었어요. 그럼 유 공자가 어찌 이 빚을 갚을지 기대하고 있어도 되겠네요. 되도록 할머니 일에 신경 쓰는 것으로 갚아 줄 수 있었으면 합니다."

그녀 또한 연후와 마찬가지로 딱딱한 표정과 음성을 내비치자 두 사람 사이에는 묘한 적막감만이 남았다.

그런 적막함이 어색해 연후가 먼저 신형을 돌렸다.

"하면 이만, 간밤에 눈을 붙이저 못한지라……."

그렇게 연후가 유가장 안으로 들어가려 하자 그 등에 대고 당예예의 볼멘 음성이 들려왔다.

"그게 장부가 할 소린가요. 저 역시 잠 한 숨 못 잔 건 마찬가지라구요. 더구나 누구 때문에 새벽녘부터 칠십 리 길을 왕복한 여인 앞에서……."

신랄한 당예예의 말에 연후는 다시금 되돌아선 뒤 쭈뼛거렸다. 그러면서도 자신의 할 말은 다하는 연후였다.

"하면 소생이 어찌해 주길 바라시는 겁니까? 소생은 여전히 당 소저께서 이곳에 머무는 것이 탐탁지 않습니다."

연후가 그렇게 딱딱한 음성을 내뱉었지만 연이어진 당예예의 음성은 전에 없이 밝기만 했다.

"저 사실 배고파요."

난데없는 그녀의 말에 연후는 할 말을 잃고 말았다.

여행 중에 마련한 건량이라도 달란 말인가 싶어 다시금 쭈뼛거려야 했는데 그 꼴을 보던 당예예가 서둘러 입을 열었다.

"아침은 건너뛰었으니 같이 점심이나 먹어요. 이래 보여도 요리엔 자신 있답니다."

갑작스런 그녀의 제안에 연후는 다시 한 번 할 말을 잃어버렸다.

사람이 살지 않은 지 수 년이 지난 이곳에서 요리 따위를 할 수 있을 리 없지 않느냐는 눈빛이었다.

"벌써 준비해 두었거든요. 저 준비성도 철저한 여자랍니다. 따라오세요. 어차피 유 공자께서도 끼니는 때워야 하잖아요."

그렇게 자신의 할 말을 마친 그녀는 연후의 대답도 듣지 않고 지난밤 거처로 정한 초옥 쪽으로 성큼성큼 걸어 나갔다.

당연히 따라올 것이라는 믿는 듯한 그녀의 행동에 연후는 차마 거절의 뜻을 내비칠 수가 없었다.

하여 결국 느릿느릿 그녀의 뒤를 따라 걷게 되었다.

그렇게 초옥으로 먼저 향한 당예예는 연후를 마당에 놓인 평상 위에 자리하게 한 뒤 홀로 부엌에 들어가 더없이 분주하게 움직이기 시작했다.

타타타타타탁!

무언가가 어마어마한 속도로 도마 위에 썰리는 소리부터 치이익거리며 기름에 볶이는 소리까지 쉬지 않고 흘러나왔다.

그 직후 절로 침이 고일 정도의 음식 냄새가 솔솔 풍기기 시작하는데 준비하는 요리가 꽤나 많은지 그 뒤로도 한참이나 이런저런 소리나 향이 연이어 흘러나왔다.

그렇게 몇 가지 요리들이 만들어지며 풍기는 냄새가 어찌나 달콤하게 느껴지는지 연후는 뱃속이 아우성치는 것을 참아 내느라 곤욕스러울 지경이었다.

그러는 사이 당예예가 하나씩 자신이 만든 음식들을 내오기 시작했는데 그저 냄새만 좋은 것이 아니라 그 모양까지 탐스럽고 보기 좋아 일류 숙수가 만들어 낸 것들이라 해도 전혀 이상할 것이 없어 보였다.

그렇게 나온 요리들은 모두 다섯 가지나 되었는데 그것들 모두가 각기 다른 재료를 사용해 만들어졌으며 연후에겐 난생처음 보는 종류의 음식들이었다.

그렇게 연후 앞에 음식을 정갈하게 차려 놓은 당예예가 그저 음식들을 바라보기만 하는 연후를 향해 조금은 걱정스러운 표정으로 입을 열었다.

"사천 쪽 음식은 처음이시죠? 나름 대접한다고 차린 것들이니까 억지로라도 맛있는 척해 주세요. 뭐하세요? 식기 전에 드셔야 제 맛이 나는 것들이에요."

그녀의 채근이 이어지자 마지못해 연후가 젓가락을 들어 새빨간 양념으로 범벅이 된 야채와 고기 한 점을 집어 들었다.

그걸 입안에 넣은 직후 연후의 얼굴은 순식간에 시뻘겋게 달아올랐다.

사천 땅의 음식이 자극적이라는 이야기도 이미 알고 있었고 또한 눈에 보이는 음식의 빛깔과 향만으로도 어느 정도 마음의 준비를 했었지만 정작 입안에 음식을 넣는 순간의 느낌은 상상 이상이었다.

입안에 전해진 맛과 향은 혓바닥을 온통 인두로 지지는 듯한 충경을 전해 주는 것이었다.

"흡!"

결국엔 참지 못하고 신음 소리까지 내뱉는 연후를 보며 당예예가 나직한 웃음을 터트렸다.

"푸훗! 하필 초향동파육을 먼저 드시다니. 여기 물이요."

이런 일을 예상했다는 듯 그녀가 냉수 한 사발을 앞으로 내밀자 연후는 그걸 낚아채듯 빼앗아 목구멍으로 한꺼번에 들이부었다.

그리고 나서야 달아올랐던 얼굴이 어느 정도 진정되었는데 그제야 자신을 보고 묘하게 웃고 있는 당예예의 모습을 확인하곤 다시 얼굴이 붉어졌다.

자신이 무척이나 경박스러웠다는 것을 깨닫고 민망한 표정을 짓는 것이다.

"동파육보단 요기 계육탕이나 사천식 잉어찜을 드셔 보세요. 타지 사람들 입맛에도 꽤나 잘 맞는 음식들이니까 유 공자께서도 좋아할 것이라 믿어요."

그녀가 그렇게 다시 음식을 권하였지만 사실 먹고 싶은 마음이 완전히 사라진 후였다.

솔직히 자신을 골탕 먹이려고 이런 음식들을 만들어 내온 것이란 생각에 입맛이 있을 턱이 없었다.

그저 놀림감이 되려는 것은 사양하고 싶은 마음인 것이다.

하지만 너무나 진지하게 음식을 권하는 그녀의 태도를 보니 그저 더 이상 안 먹겠소라고 내뱉을 상황도 아니 되었다.

하는 수 없이 그녀가 권해 준 음식을 입에 댈 수밖에

없었고 그때의 얼굴은 처음 음식을 먹었을 때와는 전혀 달랐다.

"아!"

입안에 음식이 들어가자마자 연후가 탄성을 내뱉으며 눈을 동그랗게 뜬 이유는 그 맛이 형용할 수 없을 정도로 훌륭했기 때문이었다.

그때부터 연후는 말없이 계육탕과 잉어찜에 손을 대기 시작했고 순식간에 음식들이 비워졌다.

그런 연후의 모습을 그저 흐뭇하게 바라보기만 하던 당예예가 다시 입을 열었다.

"어때요? 먹을 만은 하신가요?"

그제야 자신이 너무 게걸스럽게 음식을 탐한 것은 아닌가 하는 생각에 그녀를 향해 시선을 주었다.

순간 당예예의 눈빛에 서린 묘한 기대감 같은 것을 느꼈고 연후는 솔직한 마음을 드러냈다.

"최근 몇 년 동안 먹어 본 음식 중에 단연 최고입니다."

무뚝뚝해서 더욱 그 진심이 느껴지는 연후의 말투에 당예예가 더없이 환하게 미소 지었다.

"빈말이라 해도 기분은 좋네요."

"빈말이 아닙니다. 이곳을 떠난 후부터 지금까지 무언

가를 먹고 맛있다는 생각을 해 본 것은 오늘이 처음입니다. 맛있는 음식을 먹는 것 또한 살아가는 복이라는 옛 선현의 말씀을 오늘 소저를 통해 새삼 깨달았습니다. 거듭 거듭 감사드립니다.”

연후가 그리 진중한 태도로 나오자 당예예가 잠시 당황한 듯 그 얼굴을 한참이나 바라보았다.

지금 연후의 모습이 과거 그녀의 정인이었던 이와 너무나도 닮아 있어 그런 것이었지만, 그렇다고 그런 말을 연후 앞에 그대로 꺼내 놓을 수는 없는 일이었다.

사실 그녀에게 어울리지 않게 독심마수(毒心魔手)란 별호가 붙은 것 역시 모두가 평범한 유생이었던 그녀의 정인이 사교(邪敎)의 무리를 주창하는 강호인들에게 참혹하게 죽게 된 일 때문이었다.

그 복수를 위해 수많은 이들을 죽였고 그 일들은 내내 그녀에게 화인(火印)처럼 남아 쉬 지워지지 않는 기억이 되어 버렸다.

아무리 정인의 복수란 명분이 있었다 해도 자신의 손에 죽은 이들 중 대부분이 그저 먹고 살기 힘들다는 이유로 사교에 현혹된 민초들이란 사실을 알고 있었기 때문이다.

그들은 그저 죽은 정인의 시신 곁에 있었다는 이유로

자신의 손에 목숨이 끊긴 것이었다.

"소생이 무슨 실수라도 했는지요? 어찌 면구하게 그리 빤히 보십니까?"

과거의 회상에 잠시 넋이 나간 듯 멍해 있던 당예예의 귓가로 다시 연후의 음성이 이어졌다.

그제야 퍼뜩 정신을 차린 당예예가 입을 열었다.

"아! 미안해요. 잠깐 옛날 생각이 나서요. 그런데 유 공자님은 늘 그렇게 심각하신가요? 한 끼 음식을 먹은 것에 선현을 떠올릴 정도로?"

"나고 자라 오며 배운 것이 그것뿐이니 어찌하겠습니까? 거슬렸다면 주의하도록 하겠습니다."

"아니에요. 제가 뭐라고 유 공자님의 어투를 타박하겠습니까? 단지 그냥 조금은 편하게 말씀해도 좋을 것 같다는 생각을 해서요. 아니, 이런 말을 꺼내는 제가 주제넘었습니다."

그렇게 몇 번의 대화가 오가는 동안 두 사람의 어투는 다시금 딱딱하게 변해 있었지만 그런 것들이 서로에게 어색하지 않게 느껴져 오히려 조금은 편안해짐을 느끼고 있었다.

"차를 내올게요. 잠시만……."

식사가 끝난 듯하자 당예예가 다시 일어섰고 그런 그

녀를 연후가 만류했다.

"어찌 그런 수고까지, 지금의 식사로도 과분할 지경입니다."

"아니에요. 제가 좋아서 하는 일입니다. 찻물을 올려놓았으니 잠시만 기다리시면 됩니다."

그렇게 당예예가 남은 음식들을 정리해 다시 초옥의 부엌으로 들어가 버리자 평상에 홀로 남은 연후는 잠시간 뻘쭘한 태도로 그 자리를 지켜야 했다.

그런 연후의 머릿속은 조금 더 복잡할 수밖에 없었다.

그녀가 이렇듯 자신을 극진히 대접하는 이유가 그녀의 조모 때문이라는 것을 잘 알고 있었다.

결국 자신을 통해 부친에게 붙들려 있는 조모를 구하고자 하는 이유일 테지만, 그것은 당장 어찌해 줄 수 없는 문제이니 그녀를 대함에 있어 불편한 마음일 수밖에 없는 것이다.

그러면서도 어딘지 아쉬운 마음이 이는 것도 사실이었다.

저간의 사정만 없다면 또 그녀가 강호인이고 여인이란 사실만 아니라면 벗으로 대해도 괜찮을 것 같다는 생각이 들을 정도로 어딘가 통하는 구석이 있다고 생각되었기 때문이다.

하지만 이 이상 그녀에게 끌려 다니다간 자칫 해야 할 일들이 방해받을 수도 있다는 생각이 들어 새삼 마음을 다잡는 연후였다.

다만 도통 물러설 기회를 주지 않고 있는 그녀 때문에 무턱대고 냉정하게 대하는 것마저 쉽지 않다는 생각을 하게 되었다.

잠시 뒤 그녀가 어디서 구해 왔는지 한눈에도 고급스러워 보이는 찻잔을 들고 사뿐한 걸음으로 연후에게 다가섰다.

그런 당예예를 향해 연후가 마음을 다잡고 심중의 이야기를 꺼내려 했다.

이렇게 잘해 줘 봐야 지금은 당신을 위해 할 수 있는 일이 없다는 이야기, 그런 말을 냉정히 꺼내야 하는 연후의 표정 역시 마냥 편할 수만은 없었다.

한데 그런 말을 꺼내려던 연후의 눈동자가 한 차례 크게 흔들렸다.

그리곤 이내 황급히 고개를 돌려 매화촌 쪽으로 이어지는 언덕을 향해 시선을 고정시켰다.

그곳 매화촌 입구에는 번쩍이는 청색 관복을 입은 젊은 사내 한 명이 서 있었다.

또한 그에게서 뿜어지는 사이로운 기운들은 살갗을 저

밀게 할 정도로 엄청나 연후의 표정은 삽시간에 굳어져 버렸다.

눈으로 확인한 것보다 먼저 그의 존재를 감지한 무상검결이 벌써부터 온몸에 경각심을 일깨우고 있는 순간이니 연후는 긴장하지 않을 수 없었다.

그런 연후의 눈에 희미한 기광이 서린 것은 바로 그 순간이었다.

순식간에 광안을 열어 백 장 거리가 넘게 떨어진 사내의 모습을 눈앞으로 끌어온 듯 낱낱이 살피는 연후.

그렇게 나타난 사내는 그 복색이나 수염 한 자락 나지 않은 번들번들한 얼굴만으로도 황궁의 내관임을 유추할 수 있게 했다.

다만 그의 푸른색 비단 관복 앞자락에 금실로 수놓아진 봉황의 무늬는 그의 직책이 어느 정도인지를 말해 주는지라 그의 정체를 더욱 모호하게 만들고 있었다.

뿜어내는 사이로운 기세나 살기는 그가 태공공이라는 환관일 것이라 짐작하게 했지만 아무리 보아도 그의 얼굴은 고작 서른이나 되었을 법한 정도이니 그가 세수로 이 갑자를 한참이나 넘겼다는 태공공 본인일 것이라 짐작키가 어려운 상황인 것이다.

"제 조모님의 경우를 생각하시면 이해가 되실 거예요.

반로환동이라고 합니다. 무극지경에 이른 자 중에서도 특별한 이들에게만 허락된다는……."

뒤편에서 들려온 당예예의 떨리는 음성을 접하고 나서야 연후도 나직하게 고개를 끄덕였다.

확실히 일전에 마주 상대했던 그녀의 조모 역시 도저히 칠십을 넘긴 나이라고 믿기 힘든 모습이었다.

당예예와 자매지간이라고 해도 믿을 지경이니 또 다른 이가 그 같은 모습을 보인다는 것을 전혀 이해 못할 것도 없었다.

당연히 두려움이나 걱정 같은 감정은 일지 않았다.

그녀의 조모조차 베고자 했다면 충분히 벨 수 있었다는 것을 확신하기에 연후의 눈은 어느새 너무나도 담담하게 변해 있었다.

오히려 그런 연후의 입가에는 희미한 미소까지 서리기 시작했다.

"고맙다고 해야 하나. 이렇게 일찍 나타나 주어서."

그를 도발하긴 했지만 정작 그와 이렇게 인적 없는 곳에서 마주할 수 있으리라곤 생각지 못했다.

그를 둘러싸고 있는 세력들이나 그의 지위는 철옹성만큼이나 높고 튼튼한 것임을 잘 알기 때문이었다.

한데 이렇듯 자신 앞에 직접 나타나 주었으니 연후로

선 진심으로 고마움을 느낄 지경이었다.

그렇다고 하나 그를 향한 분노의 마음이 수그러진 것은 절대 아니었다.

외려 그 담담한 눈빛과는 전혀 다른 분노가 연후 안에 잠자고 있는 염왕진결과 함께 거침없는 불길이 되어 가고 있는 중이었다.

그러는 사이 태공공은 제법 여유로운 미소까지 지으며 매화촌 안쪽으로 느긋하게 걸어 들어왔다.

혹 유가장의 후인이 벌써 어디론가 도망가 버린 것은 아닌가 하는 염려를 했던 차였기에 이렇듯 눈앞에 떡 하니 버티고 있는 연후를 확인하며 태공공 나름대로 기분이 좋을 수밖에 없는 것이다.

오랜만에 자금성 밖으로 나섰는데 헛걸음을 하지 않아도 된다는 것만을도 그의 기분이 슬슬 달궈지는 것이다.

그런 태공공 역시도 내심으론 그저 애송이로 여기는 연후를 잘근잘근 씹어 먹어 주겠다는 생각에는 전혀 변함이 없었다.

그렇게 태공공이 마을을 가로질러 연후를 향해 천천히 다가서고 있었다.

그와의 거리가 가까워지자 연후가 당예예를 향해 나직하게 입을 열었다.

"잠시 피해 계십시오. 그리 오래 걸리지는 않을 것입니다."

너무도 담담히 이어지는 연후의 음성에 서린 자신감을 느끼면서도 당예예의 마음 한편에 이는 불안감은 어쩔 수가 없었다.

아직 멀리 떨어져 있음에도 불구하고 온몸을 부들부들 떨게 할 정도의 스산한 기세를 풍겨 오는 태공공의 모습에 절로 그런 마음이 이는 것이다.

조모 당영령이 분노했을 때나 잠시 잠깐 느껴 보았을 정도의 소름 끼치는 기운들, 어쩌면 이 싸움이 연후의 생각처럼 쉽지 않을 수도 있다는 생각을 하는 당예예였다.

그럼에도 불구하고 그녀는 어느새 차분한 신색으로 입을 열었다.

"용정은 식기 전에 드셔야 제 맛입니다. 비싸게 구입했으니 버리지 않게 해 주십시오."

찻잔을 평상 위로 조심스레 올려놓은 뒤 그 위에 다소곳이 앉는 그녀의 모습은 무척이나 차분해 보였다.

흡사 전장으로 장수를 떠나보내고자 하는 절개 있는 여인의 모습과도 같아 연후는 저도 모르게 피식 웃음을 내보였다.

이번 일이 끝나면 그녀를 조금은 더 편하게 대해도 좋

을 것 같다는 생각을 하며 연후 또한 태공공을 향해 마주 걸어갔다.

특별한 기세를 끌어올리는 것도 아닌데 그런 연후의 등이 참으로 커다랗게 느껴지는 당예예였다.

그녀는 한 줄기 불안했던 마음마저 지운 채 마을 중심에서 마주하게 된 두 사람의 모습을 향해 모든 시선을 집중하기 시작했다.

그리고 그녀의 귓가로 들려오기 시작한 기괴하기 짝이 없는 웃음소리.

"키히히히히힛! 지 할아비 때에서부터 그렇게도 괴롭히더니만 이렇게 만나게 되는구나. 네놈! 어디부터 씹어 먹어 주랴!"

새까만 눈동자가 전부인 태공공의 안구에서는 더없이 사이하면서도 번들거리는 기운들이 흘러나왔고 그것들은 삽시간에 연후를 휘감기 시작했다.

그 순간 연후가 오른 팔목을 가볍게 튕기자 내내 팔찌처럼 휘감겨 있던 초연검이 모습을 드러냈다.

그 직후 흡사 파리를 쫓듯 낭창낭창한 검신이 몇 번의 빛을 발하자 연후를 압박하기 시작하던 태공공의 기운들이 흔적도 없이 끊겨 나갔다.

그 모습에 태공공의 얼굴이 잠시 일그러졌다.

"오홍! 한 수 있다는 말이 사실이로구나. 크크크큭! 네 놈, 제법 맛있겠어. 이것도 한 번 받아 보거라."

후우우웅!

일순간 태공공의 청의 관복이 광풍에라도 휩싸인 듯 부풀어 올랐다가 엄청난 기운들이 일제히 연후를 향해 쏘아지기 시작했다.

콰콰콰쾅!

연달아 목가포가 터져 나가는 듯 지면은 물론 그 주변의 가옥들까지 한꺼번에 휩쓸며 날아드는 어마어마한 기세에 연후의 눈빛마저 일순간 크게 흔들거렸다.

날아드는 공격 자체야 피하면 그만이니 실상 별로 대단한 위협이 될 것은 아니라 해도 그 안에 실린 공력의 크기만큼은 이제껏 그 누구에게서도 느껴 본 적 없을 만큼 어마어마한 것이었기 때문이다.

불이곡의 귀마노사도, 얼마 전 마주한 당가의 대모란 여인도, 또한 그저 까마득한 느낌만 안겨 주었던 부친 유기문에게서도 느껴 보지 못했던 엄청난 공력이었다.

아니나 다를까 이를 감지한 무상검결이 무의식의 와중에도 극도의 위기감을 알리며 연후의 몸을 지배하려 했다.

하나 연후는 외려 그런 무상검결을 제어한 채 이제껏

억눌러 왔던 염왕진결을 극으로 끌어올렸다.

순간 초연검의 날카로운 검신을 타고 화염의 기운이 치솟아 올랐다.

그렇게 타오르기 시작한 연후의 검이 가옥과 지면을 휩쓸며 날아드는 강맹한 기세를 그대로 갈라 버렸다.

후아아앙!

거대한 태풍이 일제히 소멸할 때나 들릴 법한 공명음이 터져 나오며 날아들던 기운들이 그대로 양단되어 버렸고, 기세와 함께 날아들던 가옥의 파편과 먼지들은 주변의 또 다른 가옥들과 부딪히며 어마어마한 굉음을 일으켰다.

콰콰콰콰쾅!

지축이 뒤흔들리는 소리와 함께 일어난 거대한 흙먼지가 연후 주변을 휘감았다.

하나 그러한 먼지 사이를 뚫고 나온 연후의 걸음은 천천히 태공공을 향해 이어졌다.

태공공의 새까만 동공이 한 차례 부르르 떨리는 순간이었다.

자신을 상대하는 것이 얼마나 부질없는 짓인가를 똑똑히 느끼게 해 주기 위해 펼친 공격이 너무나 허무하게 막혀 버린 모습은 그에게도 적지 않은 충격임이 틀림없었다.

이제껏 여유롭던 마음이 완전히 사라져 버린 것이다.

"흘흘, 이런 날이 또 오리라곤 생각지도 못했건만……
확실히 강호 밥을 먹는 놈들은 위험하단 말이야."

나직한 음성을 중얼거린 태공공의 기세가 일변하기 시
작했다.

이제까지 자신의 기운을 자랑하듯 사방팔방으로 뿜어
내던 모습을 완전히 지운 채 자신의 몸으로 모든 기세를
갈무리하기 시작한 것이다.

그리되자 태공공의 그 기이한 기운은 모두 연후조차
잡아채지 못할 정도로 완전히 사라져 버렸다.

그런 태공공의 상태가 조금 전보다 위험하다는 것을
또다시 무상의 공능이 일러 주고 있었다.

아나나 다를까 태공공의 입이 다시 열리며 이어진 공
격은 이제껏 겪어 보지 못한 종류의 무공이었다.

"네놈 따위에게 이걸 쓰게 될 줄은 몰랐구나."

헐렁한 관복 사이에 있는 태공공의 손이 늘어나는 것
처럼 연후 앞으로 뻗어 나오는데 그 손바닥 자체가 집채
만큼의 크기로 자라나 연후의 전신을 짓누르려 하는 것이
다.

그 모습이 너무나 기괴해 잠시간 연후는 어찌 응대해

야 할지 갈피를 잡지 못했다.

"밀종대수인(密宗大手印)!"

때마침 뒤편에서 당예예의 놀라 나자빠질 듯 다급한 음성이 이어졌지만 밀종대수인이란 것이 천축 소뢰음사 최강의 무공이며 그 위력이 천하의 모든 수공들 중 세 손가락 안에 들 정도 대단한 것이라는 사실을 전혀 알지 못하는 연후에게 별 도움이 될 말은 아니었다.

이는 단목중경과 불성의 암습으로 한 번의 죽을 고비를 넘긴 태공공이 비장의 한 수로 감춰 두고 익혀 온 무공이었다.

그저 공력만이 능사가 아님을 겪었기에 사밀지학의 공력을 극으로 펼쳐 낼 수 있는 무공을 고르고 골라 선택한 것이 바로 밀종대수인이었다.

그런 태공공이 펼치는 밀종대수인은 본래의 그것과는 비교할 수도 없을 정도로 위력적인 것이었다.

그렇게 날아든 거대한 장심이 연후를 짓누르려는 순간 연후의 눈에 번쩍이는 기광이 일었다.

코앞에 이른 위협 앞에서 광안을 펼친 연후의 신형은 순식간에 옆으로 휘돌아 괴물의 그것처럼 늘어나 있는 태공공의 팔목 옆에 서 있었다.

그리고 그 순간 초연검이 한 줄기 날카로운 빛과 함께

천 년 고목처럼 굵어진 태공공의 팔목을 베고 지나갔다.

서걱거리는 소리와 함께 바닥으로 떨어져 내리는 태공공의 손은 삽시간에 평범한 크기로 변해 버렸고, 그와 동시에 찢어지는 듯한 비명이 매화촌 전체를 울리기 시작했다.

"크아아악!"

태공공의 비명이 그렇게 어지럽게 이어졌으나 정작 연후의 시선은 그를 향하기보다 잘려진 채 바닥에 떨어진 그의 손을 바라보는데 여념이 없었다.

흡사 살아 있는 벌레처럼 요동치고 있는 태공공의 손바닥, 더구나 마땅히 보여야 할 핏물은 온데간데없고 오직 시꺼먼 진액 같은 것만이 잘려진 단면에서 꿈틀꿈틀 흘러나오는 그 모습은 연후를 잠시 멍하게 만들 정도로 기괴한 것이었다.

하나 상대는 눈앞에서 방심을 해도 좋을 정도로 약한 이가 아니었다.

"이놈!"

등 뒤에서 터져 나오는 노성과 함께 수천 수만 개의 화살과도 같은 시꺼먼 기운들이 전방을 가득 매운 채 일제히 연후를 향해 쏟아져 왔다.

연후의 눈동자가 다시금 치떨리며 황급히 기광을 발하

는 순간이었다.

연후가 광안을 열자 엄청난 속도로 밀려들던 기운들이 허공에 멈춰 섰다 싶을 정도로 느릿하게 움직이기 시작했다.

그 안에서도 운신이 자유로울 수 있는 것이 지금 연후의 경지였지만 눈앞의 공격만은 실로 상상을 초월하는 것인지라 잠시간 당혹스러운 얼굴을 지우지 못하는 연후였다.

그도 그럴 것이 도저히 피할 공간을 남겨 두지 않고 전방을 가득 매우고 있는 시커먼 기운들의 정체가 태공공의 머리카락이 늘어난 것임을 확인했기 때문이었다.

한 가닥 한 가닥의 기운이 붙이곡 귀마노사의 혼철삭과 견주어도 뒤질 것 없을 정도로 위력적이니 도저히 경시할 수가 없는 공격이었다.

그렇다고 그 모든 것들을 일일이 끊어 내자면 먼저 공력이 바닥을 치거나 육체에 한계가 올 수도 있으니 당장은 피해야만 하는 것이 우선이었다.

광안을 연 상태에서 다시금 경공을 운용하는 연후.

그리고 그 빠름은 가히 빛줄기와도 같아 그 신형은 어느새 전방 가득하던 시꺼먼 기운들을 휘돌아 태공공의 지척에 이르러 있었다.

이토록 기괴한 능력을 지닌 이를 상대함에 있어서 주 저한다는 것은 미련한 짓일 뿐이라는 생각이었다.

연후는 일말의 망설임도 없이 태공공의 목을 베어 버렸다.

서걱!

헤아릴 수 없을 정도의 머리카락을 전방으로 쏘아 내고 있던 태공공의 머리통이 허공으로 치솟아 올랐다.

그러자 뿌리를 잃은 거목들의 잔가지가 순식간에 말라가는 것처럼 전방 가득했던 시꺼먼 기운들 역시 속절없이 사라져 갔다.

그러면서도 허공에 떠오른 태공공의 새까만 동공은 연후를 보며 경악하고 있었다.

언제 나타나 몸뚱이 옆에서 검을 늘어뜨리고 있는지 도저히 파악하지 못했기 때문이다.

그의 눈은 이 모든 것을 도저히 믿을 수 없다고 말하고 있었다.

그때서야 연후 역시 광안을 풀고 잠시 잠깐 겪었던 위험을 되새겨 보았다.

확실히 광안의 공능이 없었다면 상대하기가 정말로 힘들 정도의 상대였음을 깨닫고 있는 중이었다.

한데 그 순간 믿기지 않는 일이 벌어졌다.

목이 잘려진 태공공의 몸뚱이가 지척에 선 연후를 향해 날카로운 공격을 펼친 것이다.

조금 전 보았던 거대한 손바닥을 재현하는 그의 몸뚱이.

무상검결이 반응하지 않았다면 심장이 그대로 으깨어졌을지도 모를 정도로 날카로운 공격이었다.

연후가 황급히 신형을 뒤로 날리며 눈앞에서 벌어지고 있는 믿기지 않는 상황을 직시하기 시작했다.

그리고 이내 점점 더 커다랗게 치떠지는 연후의 눈동자.

그도 그럴 수밖에 없는 것이 잘린 채 바닥을 나뒹굴던 태공공의 목에서 흘러내린 시꺼먼 진액 같은 것과 역시나 잘려 버린 목 언저리에서 흘러내리던 진액이 서로를 탐하듯이 길게 이어진 뒤 거짓말처럼 서로를 끌어당기고 있는 광경을 목격한 것이다.

너무나 황당한 상황에 연후는 잠시간 어찌해야 할지 결정을 내리지 못했다.

그리고 잠시의 망설임 동안 태공공의 머리는 본래의 자리를 찾아 버렸다.

그뿐 아니라 어느새 처음 잘렸던 손까지 원상 복구되어 버린 상황.

드드드득!

때마침 태공공이 자신의 목을 좌우로 한 번씩 젖히며 뼈가 부딪히는 소리를 냈다.

"흘흘흘! 네놈 위험하구나. 절대 살려 두어선 아니 될 놈이야."

태공공의 음성이 다시 한 번 전에 없이 음산하게 이어 졌으나 연후도 더 이상 당황스런 기색만을 내비치고 있진 않았다.

분명 멀쩡하게 보이긴 하나 그 얼굴만은 처음 보았을 때보다 십수 년은 더 늙어 보임을 발견했기 때문이다.

"결국 계속해서 죽이면 언젠가는 끝난다는 말이로구 나."

그렇게 연후의 입에서 흘러나오는 나직한 음성에 태공 공의 미간이 분노로 꿈틀했다.

하지만 그 짧은 시간의 틈을 보인 사이 다시금 연후의 검은 태공공의 목을 향해 날아들었다.

굳이 광안을 열지 않아도 지척에 있는 그의 목을 베는 것에 절대 주저함이 없는 연후였다.

대경실색한 태공공이 전신의 공력을 황급히 끌어올려 호신강기를 온몸에 둘렀고 그것으로 간신히 날아드는 연 후의 검끝을 막아 낼 수 있었다.

캉!

호신강기와 검신 부딪히는 접점에서 한 줄기 강렬한 금속음이 터졌고 연후의 표정 역시 잠시 일그러졌다.

검신을 타고 실로 경시할 수 없는 막대한 반탄력이 밀려들자 그 힘을 흘리기 위해 몇 발자국이나 물러서야 했던 것이다.

확실히 공력만 따지자면 태공공에 비할 바 없이 낮다는 것을 느꼈지만 생사결에 있어 공력의 높낮이가 승부로 직결되지 않는다는 것을 이미 충분히 깨우친 연후였다.

특히 온몸을 아우르는 호신강기 따위야 한 점으로 모인 힘에 취약할 수밖에 없음을 잘 알기에 더 이상 물러날 이유도 없었다.

한데 그 순간 태공공은 자신이 득세했다고 느끼며 한껏 고무된 음성을 내뱉었다.

"크하하하핫! 본 공이 방심하지 않는 이상 어찌 네놈 따위가 나를 해할 것이냐? 이미 불사지체를 이루어 신의 경지에 오른 본 공을 한낱……."

이제까지 보인 열세 때문에 더더욱 자존감을 회복하려던 태공공의 음성은 더 이상 계속될 수 없었다.

삼 장 거리로 물러났던 연후의 눈에서 잠시간 번쩍하는 듯한 기광이 서리더니 순식간에 그 모습이 사라져 버렸기 때문이다.

그렇다고 하나 더 이상 두렵지는 않았다.

두 번에 걸쳐 각기 천 명의 생혈을 흡수했던 자신이
다. 그러면서 생혈과 함께 흡수한 수많은 이들의 선천지
기가 완벽히 내공으로 화해 불사의 경지를 이룰 수 있었
다.

그 막대한 내력을 오직 호신강기로 발현시키고 있으니
그 어떤 공격도 무용지물이 될 것이라 자신하는 것이었
다.

하나 그것은 그저 태공공만의 착각이었다.

아래쪽이 따끔하다는 느낌과 함께 태공공이 눈을 치켜
뜬 순간 새빨갛게 타오르는 검신 하나가 자신의 허리를
양단하고 지나가는 것을 본 것이다.

허리가 잘린 것보다 내력을 운용하던 기혈이 그대로
잘려 나가며 치솟는 고통을 참지 못한 태공공은 또다시
비명을 내지를 수밖에 없었다.

"크아아악!"

상체가 바닥으로 기울며 떨어지는 순간 다시 한 번 그
의 눈에 시뻘겋게 타오르는 검신이 보였다.

그리고 그 너머에 선 연후의 모습 역시.

"언제까지 살아날 수 있나 두고 보지."

나직하게 들려오는 그 음성과 함께 태공공의 시야는 새까맣게 변해 버렸다.

연후의 검이 태공공의 두개골을 완벽히 절단 내 버린 것이다.

그로부터 한동안 연후는 미동도 하지 않고 눈앞에서 벌어지는 상황을 지켜보기만 했다.

두 조각 난 태공공의 머릿속이나 잘려진 상반신과 하반신 사이에선 또다시 시꺼먼 진액 같은 것이 흘러나와 서로를 잡아끌고 있었는데 이제는 그마저도 낯설지 않은 연후의 시선은 무심함 그 자체였다.

그렇게 태공공이 또 한 번 제 모습을 찾아가고 있었다.

하나 다시금 되돌아간 태공공의 얼굴은 검버섯과 주름으로 가득하게 변해 있었다.

그뿐 아니라 그에게서 풍겨지던 사이로운 기운 역시 처음과 비교할 수 없을 정도로 약해져 있음이 느껴지니 연후의 얼굴엔 걱정보다 한 줄기 싸늘한 조소가 피어났다.

"백 번 살아나면 백 번을, 천 번 살아나면 천 번을 죽여 주마. 쉽게 죽어 주지 않아 고맙구나."

서걱! 서걱! 서걱!

그렇게 막 제 모습을 찾은 태공공의 몸을 난도질하는

연후의 손끝에 자비란 말은 없었다.

그 후 태공공의 육신은 난도질되었다가 다시 살아나고 또다시 천참만륙이 되었다가 본래의 모습이 되어 갔다.

참으로 믿기지 않는 일이었지만 대여섯 번이나 그 일이 반복될 즈음에는 시꺼먼 진액들은 완연히 힘을 잃은 채 지렁이가 기어가는 속도로 서로를 향해 꿈틀거릴 뿐이었다.

그 가운데 선 연후는 지친 기색 하나 없이 언제까지라도 그 일을 되풀이할 듯한 모습이었다.

그렇게 태공공의 육편이 서로를 향해 벌레처럼 꿈틀거리고 있을 즈음 당예예가 조심스런 걸음으로 연후 쪽으로 다가왔다.

그런 당예예를 향하는 연후의 눈빛은 섬뜩할 수밖에 없었다.

아무리 당신이라고 해도 이 일에 관여치 말라 라는 의미가 강렬하게 내포된 눈빛.

그런 것을 눈치 못 챌 당예예가 아니었지만 그녀 나름은 연후를 위해 반드시 해 주어야 할 이야기가 있었다.

"잠시만 소녀의 이야기를 들어주세요. 태공공 저자의 처결 문제입니다."

여태껏 겪어 온 그녀가 제법 현명한 여인이며 또한 자신보다 강호의 경험이 많음을 아는 터라 연후는 침묵으로 그녀의 말이 이어지길 기다렸다.

"몇 해 전 불성 어르신과 검륜쌍절 단목가주께서 자금성에 은밀히 침입해 이자를 암습한 일이 있었습니다. 이를 아시는지요?"

연후 또한 모르지 않는 일이었다.

그로 인해 의제 단목강의 가문이 풍비박산 났으니 어찌 그 일을 모르겠는가?

한데 새삼 그런 이야길 이 자리에서 꺼내는 그녀의 의도를 짐작키 어려웠다.

"사실 수많은 강호인들이 그 일을 의아해 했습니다. 아무리 태공공이 탐관오리의 우두머리이고 조정을 좀먹고 있는 존재라 해도 엄연히 관의 인물일 뿐입니다. 그런 이를 향해 그것도 자금성 앞마당에서 암습을 하셨으니 도대체 왜 두 분이 그런 무모한 일을 벌였나 하는 의문이 끊이지 않았습니다. 한데 오늘 보니 그 이유가 납득이 되어 이렇게 나서게 되었습니다."

그녀의 음성은 차분하지만 그 내용 어딘가엔 연후가 짐작치 못한 부분들이 있어 가만히 그녀의 이야기를 경청할 수밖에 없었다.

"저자가 익힌 저 끔직한 사공을 강호인들은 사밀지학이라 합니다. 이는 절대로 익혀선 안 되는 무공이지요. 삼천지란이 일던 그 시절 천하를 피로 물들였던 것이기도 하고요."

"……."

"아! 그게 중요한 것은 아니고 과거 지다성이란 분이 남기신 책자에 이 사밀지학에 관한 것이 나옵니다. 이를 익히는 과정이 차마 입에 담기 힘들 정도로 잔혹하다 기록되어 있습니다."

이야기가 거기까지 이어지자 연후도 잠시 고개를 갸웃거렸다.

확실히 이런 종류의 괴이한 몸뚱이를 만들 수 있는 무공이라면 그 방법 역시 평범하지 않을 것이란 생각이 든 것이다.

"사밀지학을 대성하기 위해서는 두 가지 방법이 있는데 첫째는 갓 태어난 아이 백 명의 정혈을 일시에 흡수하는 것입니다. 두 번째는 일반 성인 천 명의 생혈을 취하는 것이라 하는데 어찌해서 그런 것인지 정확한 이유는 알려지지 않습니다. 다만 사밀지학을 대성하면 보시는 것처럼 죽어도 죽지 않는 불사지체가 된다는 것이 전부입니다."

당예예의 차분한 설명이 끝나자 연후의 눈가에는 다시 한 번 타오를 듯한 분노가 뿜어졌다.

"금수도 네놈 같이 천인공노할 짓을 벌어지는 않을 터!"

꿈틀꿈틀 재생되고 있는 태공공의 몸뚱이를 다시 한 번 난도질하는 연후.

그런 연후를 당예예가 황급히 만류했다.

"유 공자님. 고정하세요. 소녀가 나선 이유는 단지 그 사실을 알리기 위해서만은 아닙니다. 조금 전에 말씀드렸지요. 불성과 단목가주께서 하필 그의 앞마당인 자금성에서, 그것도 황제 폐하가 있는 면전에서 이자를 암습한 것은 두 분이 이자가 익힌 무공을 알고 있었기 때문일 것입니다. 이것이 어떤 의미인지 모르시겠습니까?"

연이어진 당예예의 말을 듣고서야 연후의 머릿속이 차분히 정리되었다.

그러면서 미처 생각지 못한 사실 하나를 깨닫고 절로 탄성이 섞인 음성을 내뱉었다.

"그렇구려. 고맙소. 당 소저께 정말로 큰 은혜를 입었습니다."

"아닙니다. 은혜라니요. 하나 이제부터 해야 할 일이 정말 중요할 것입니다."

다짐하듯 이어지는 당예예의 말에 연후는 묵묵히 고개를 끄덕였다.

그리곤 이내 더없이 담담한 눈빛이 되어 다시금 꿈틀거리며 재생하고 있는 태공공의 몸뚱이를 바라보았다.

이 같은 괴물의 모습을 황제가 직접 본다면, 또한 이런 괴물이 되기 위해 그가 벌인 일을 만천하에 알릴 수 있다면 이제껏 그가 누려 왔던 모든 것은 사라질 것이 틀림없었다.

단목강의 부친과 불성이란 존재는 그런 사실을 황제에게 알리기 위해 그 면전에서 태공공을 암습했던 것이고.

하니 이제부터 연후가 해야 할 일은 간단하면서도 아주 힘든 일일 수밖에 없었다.

태공공을 온전한 모습으로 자금성으로 데려간 뒤 황상을 알현하고 다시 한 번 그의 목을 베는 것.

하나 그것이 결코 쉬운 일만은 아닌 것은 분명했다.

아직은 황제보다도 더한 권세를 지닌 것이 태공공이기 때문이었다.

그때 다시금 당예예의 음성이 들려왔다.

"이 일이 끝나면 단목세가에 씌워진 역모의 굴레 역시 벗겨지지 않을까 싶네요. 본가로서는 조금 안타까운 일이

지만 저 역시 인중협이라는 단목가주님과 불성 어르신만
은 마음으로 존경하는 분들이니까요. 아 참! 굳이 이렇게
기다릴 것 없지 않나요? 머리만 따로 베어 가도 충분할
겁니다. 머릿속 두정이란 것을 파하지 않으면 죽지 않는
것이 사밀지학이라 읽은 기억이 있거든요."

＊　　　＊　　　＊

"헉! 헉! 헉!"

길조차 나지 않는 산자락을 타넘는 삼공 육진풍의 모
습은 초췌함을 넘어 산 사람의 모습처럼 보기 힘들었다.

허리춤에 난 커다란 상흔에서 흘러내리는 핏물을 제
외하고도 그의 전신은 도검에 난자당한 상처로 가득했
다.

그러고도 경신술을 펼칠 수 있다는 것 자체가 그가 얼
마나 심후한 내력을 지녔는지 짐작케 하는 일이었다.

하나 그마저도 한계에 달했는지 어느새 그의 발걸음은
무거워져만 가고 있었다.

"컥!"

한 바가지는 될 법한 핏물을 울컥하고 쏟아 내는 삼공
육진풍은 급기야 바닥에 두 손을 집고 주저앉아 토악질을

해대기 시작했다.

그러면서도 혹 뒤를 밟힌 것은 아닌가 하며 주변을 경계하는 일을 소홀히 할 수가 없었다.

그만큼 조금 전 마주했던 단목강의 무위는 상상을 초월하는 것이었다.

특히나 느닷없이 자신의 허리춤에서 자라나던 무시무시한 강기는 이제껏 자신이 알고 있던 무학의 상리를 완전히 벗어나는 것이었다.

그것은 분명 륜의 모양을 한 강기였다.

하나 무제의 절기라 알려진 팔비신륜과는 또 다른 형태의 무학이었으며 언제 어느 때 또 어디서 나타날지 전혀 예측할 수 없는 무시무시한 무공이었다.

방심한 틈을 타 광도비천의 구명절초를 펼친 것으로 간신히 몸을 뺄 수 있었으나 지금의 자신으로선 도저히 그 공격을 막아 낼 수 없다는 사실만은 확실히 인지하고 있는 것이다.

결국 이렇게 깊은 내상을 입고 도주할 수밖에 없는 처지에 놓이자 어쩔 수 없는 자괴감이 밀려들었다.

"크흑! 과연 무제, 결국 구파의 무공을 아무리 조합한다 해도 환우오천존에겐 안 된다는 말이더냐? 아니다, 아니야. 일공이라면 충분히 감당할 수 있다. 알려야 한다.

반드시……."

삼공 육진풍의 음성은 간절했다.

그것이 무제의 절기에 당한 상처이기에 더욱더 간절할 수밖에 없는 것이다.

구대봉공이 존재해 왔던 이유, 그것이 바로 환우오천존 같은 절대자들에게 짓눌려 왔던 회한 때문임을 누구보다 잘 아는 육진풍이기에 도저히 묵과할 수가 없는 일이었다.

무제의 무공이 넘을 수 없는 벽이라는 것을 인정하는 순간 자신이 저질러 왔던, 또 함께하는 봉공들이 해 왔던 모든 일들이 아무런 의미도 없는 일이 되어 버리기 때문이다.

그렇기에 알려야 했다.

죽고 사는 것에 미련은 크게 없지만 적어도 자신이 마주하게 된 무공의 위력만큼은 살아남은 마지막 지기들에게 반드시 전해 주고 싶은 마음인 것이다.

아울러 그들에게 자신의 복수와 화산파의 복수를 부탁하기 위함이기도 하고.

하나 육진풍은 더 이상 움직일 여력이 남아 있지 않았다.

곧 죽어도 이상할 것 없을 만큼의 상처를 입은 상태에

서 마지막 내력까지 쥐어짜 구명절초를 펼쳤으니 이곳까지 도주해 온 것만으로도 기적 같은 일인 것이다.

점점 무거워지는 자신의 눈꺼풀의 무게를 느끼며 삼공 육진풍의 의식은 점차 흐려져 갔다.

그런 육진풍의 의식 사이로 한 줄기 청명한 음성이 스며들어 왔다.

"쯧쯔쯔, 못난 녀석. 받은 천명이 있거늘 어찌 이런 자리에서 마지막을 보려 함인지…… 하나 다시 깨어나면 네게 더 이상의 절망은 없을 것이다."

눈가에 언뜻 비친 음성의 주인에게서 한 줄기 따사로운 기운이 전해지는 것이 느껴졌다.

그와 함께 어마어마하던 고통의 감각마저 눈 녹듯 사라지는 기분이었다.

하나 기력이 다한 육진풍은 도저히 눈을 뜰 수가 없었다.

그의 의식은 그렇게 스르르 깊은 잠에 빠져들었다.

그런 육진풍의 신형을 가볍게 들쳐 맨 이는 도저히 나이를 짐작키 어려운 이였다.

스님의 가사를 걸치고 머리엔 도관을 뒤집어 쓴 기괴한 모습의 노인.

육진풍을 들쳐 맨 그의 신형은 순식간에 그 자리에서

사라져 갔다.

전대의 봉공 중 유일하게 남은 인물, 스스로 천의를 지켜 나간다는 사명을 받았다는 그 존재가 그렇게 강호의 한편에서 작은 움직임을 보이기 시작했다.

第九章

최후 그리고 시작

자금성에 때 아닌 난리법석이 일기 시작했다.

　관복도 아니 차려 입은 유생 하나가 커다란 목궤 하나를 손에 든 채 난입했기 때문이다.

　그것도 만조백관이 집무를 보기 위해 황제를 알현하고 있는 태화전 앞에 모습을 드러낸 것이니 난리도 이런 난리가 없을 상황이 되어 가는 것이다.

　자금성 외곽을 방비하는 어림천위군의 장수와 병졸들은 물론 내성을 지키는 금의위의 위사들, 거기다 동창과 내밀원의 고수들까지 모조리 태화전 안팎으로 몰려들어 고작 유생 차림의 사내 하나를 잡기 위해 온 힘을 다한 출수를 펼치고 있는 상황이니 그야말로 난리통이라고밖에 표현할 수밖에 없었다.

하나 유생은 그렇게 몰려 있는 수백의 금의위와 수천에 이르는 어림군 사이를 스쳐 가면서도 옷깃 하나를 내주지 않고 있는 상황이었다.

반면 황제가 있는 태화전 쪽을 지키는 동창과 내밀원의 고수들 역시 조금의 틈만 나면 공격할 수 있는 태세를 완벽히 갖춘 상태였다.

다만 빽빽하다 싶을 정도로 수많은 어림군의 장수들과 금의위의 위사들이 널따란 태화전 앞에서 이리 뛰고 저리 뛰며 유생을 잡기 위해 발버둥 치고 있으니 나설 기회가 없는 것이다.

하나 시간이 아무리 흘러도 목궤를 든 유생의 옷깃 하나 스쳐 내는 이가 없었다.

더없이 심각한 상황임이 분명한데도 마냥 술래잡기처럼 반복되기만 하는 그 모습에 지켜보는 이들의 시선에서 서서히 긴장감이 사라져 가고 있었다.

그런 사정은 태화전 안쪽도 마찬가지인지라 처음엔 그저 자객의 암습인 줄 알고 벌벌 떨던 대신들이었지만 누구 하나 죽어 나가는 이가 없게 되자 슬슬 호기심이 발동하기 시작한 것이다.

당연히 그 모든 일을 벌이고 있는 이는 연후였다.

광안을 열고 그 안에서 경신의 묘를 발휘하고 있는 지금의 연후를 잡아낼 수 있는 상대가 전혀 없는 상황이었다.

하니 여유를 가지고 자신의 의도가 먹혀들기를 기다리는 연후였다.

아니나 다를까 이제껏 숨죽이고만 있던 태화전 안쪽에서 슬슬 반응이 오기 시작했다.

바깥 상황을 살피기 위해 내관들과 대신들이 하나둘씩 고개를 내밀고 있는 것이다.

상황이 그리되자 아무런 말도 없이 그저 날아드는 흉험한 공격을 피하기만 하던 연후의 입에서 대성이 터져 나왔다.

"유가장의 오대 적손 유연후가 삼가 황상의 존체를 알현하길 간절하게 청하나이다!"

공력마저 잔뜩 실린 연후의 음성은 태화전 안쪽은 물론 자금성 전체를 쩌렁쩌렁 울리게 할 정도였다.

하나 그것만으로 연후의 의도가 먹혀들 상황은 아니었다.

"무엄하다! 대명의 천자께서 거하는 곳에 난입한 죄, 능지처참으로 다스릴 것이다. 뭣들 하느냐? 저 요망한 자를 속히 제압하여 형옥으로 압송토록 하라."

장수의 갑주를 걸친 중년 사내 하나의 일갈이 이어지
자 잠시간 멈추었던 공격이 다시 시작되었고 연후는 또다
시 수많은 이들의 공격을 그저 피해 내기 시작했다.

사방에서 정신없이 날아드는 도검과 화살을 아슬아슬
하게 피해 내는 그 모습이 또다시 계속되자 이를 바라보
는 고관대작들의 수가 하나둘 늘어 갔다.

그리고 마침내 연후의 의도가 적중하기 시작했다.

"모두 멈추어라!"

붉은색 비단 관복을 걸친 대신 하나가 태화전 밖으로
나와 그 모든 소요를 중지시켰다.

그렇다고 해도 연후는 수백이 넘는 이들에게 둘러싸인
상태였고 그 지척에는 여전히 번뜩이는 병장기들로 가득
했다.

그런 상황 속에서 차분한 모습을 유지하고 있는 연후
의 모습을 새삼 확인한 홍의 관복의 중년인은 놀라는 눈
빛을 전부 지울 수가 없었다.

"네 이놈! 대관절 네놈이 누구기에 조정과 황상을 능멸
하려는 것이냐?"

놀라고 있는 내심과는 달리 중년인에서 흘러나온 것은
준엄한 꾸짖음이었다.

하나 그를 마주 대하는 연후의 태도에는 한 점의 흔들

림도 없었다.

"말씀드렸다시피 유가장의 적손인 연후라 합니다. 아직 미관말직도 받지 못한 소생이 이렇듯 직접 황상을 알현코자 함은 그 사안이 너무도 중차대하기 때문입니다. 오늘의 죄는 황상을 알현한 뒤 기꺼이 달게 받을 것이옵니다. 부디 소생의 청을 윤허받아 주십시오."

"어허! 국법이 지엄하거늘 어찌 말도 아니 되는 말을 꺼낸단 말이다. 국사로 다망하신 황상께서 어찌 근본도 확인되지 않은 이를 대면하신단 말이더냐? 정 이를 원하거든 순순히 포박을 받으라. 내 친히 문초한 뒤 사정을 들어 황상께 사정을 고하도록 할 것이다."

연이어진 대신의 말에 연후의 눈빛이 잠시 굳어졌다.

쉽지 않을 것이라 예상은 했지만 상황이 점점 어려워지고 있는 듯했기 때문이다.

혹시나 유가장의 후예란 사실 하나만으로도 누군가 자신을 도와줄지도 모른단 막연한 기대를 했던 것도 사실이었지만 상황은 그런 기대마저 완전히 지울 수밖에 없도록 변해 가고 있었다.

이런 때 순순히 포승줄을 받는다는 것은 일의 완전한 실패를 의미하는 것이다.

결국 다시금 결심을 바로 세우는 연후였다.

그 순간 연후의 눈에 강렬한 기광이 번뜩였다.

이제까지 보였던 모습과는 전혀 달리 연후의 신형이 순식간에 사라진 뒤 입을 열던 홍의 대신 앞에 솟구치듯 나타난 것이다.

그 기경할 광경에 놀라 뒤로 나자빠질 뻔하는 것을 연후가 손을 내밀어 붙잡아야 했다.

"헉! 이놈, 이게 대체 무슨 짓이냐?"

얼떨결에 손을 붙잡힌 것에 당황하면서도 그의 입에선 연신 불호령이 토해졌다.

또한 그 순간 태화전을 둘러싸고 있던 내밀원 고수들의 공격이 일제히 연후를 향해 뿜어졌다.

순간 다시 한 번 번뜩이는 눈빛과 함께 연후는 날아드는 수많은 검끝을 가볍게 피해 내기 시작했다.

하나하나가 일류 고수를 상회하는 공격들이니 그 검들에 실린 기운들이 강맹함은 두말할 필요도 없는 상황.

그런 공격을 홍의 대신의 손을 붙잡은 채 그저 약간의 움직임으로만 요리조리 모조리 피해 내고 있었으니 공격하는 이들도 또한 그에게 손을 붙들리고 있는 대신도 모두 놀라 나자빠질 정도의 일이었다.

도저히 상상조차 할 수 없는 고수, 그가 마음먹는다면 무사히 남아 있을 이가 없을 정도라는 것을 새삼 확인할 수밖에 없는 상황이었다.

더 이상의 공격이 무의미하다는 것을 파악한 내밀원의 위사들은 공세를 늦추며 태화전 입구 쪽으로 이동해 출입구를 막기 시작했다.

정체 모를 적이 안쪽으로 난입하는 것만은 반드시 저지해야 한다는 결연한 눈빛들이었다.

그렇게 잠시의 소강 상태가 이어지자 연후가 눈앞의 대신을 향해 입을 열었다.

"소생이 마음먹었다면 이 모든 일을 황상의 앞에서 직접 행할 수 있었음을 아셔야 합니다. 그럼에도 이 같은 청을 하는 것은 소생의 처지가 그만큼 절박하기 때문이옵니다. 우선 이것을 보아 주십시오. 소생의 신분을 대신할 수 있는 것이옵니다."

대신의 팔을 붙잡고 있던 손을 풀며 허리춤으로 이동한 연후의 손에는 비취빛으로 빛나는 기다란 막대기 하나가 들려 있었다.

이를 본 대신의 눈가가 크게 흔들렸다.

"태, 태황장(笞皇杖)?"

"알아보시는군요. 영락대제께서 본가에 하사하신 신물입니다. 하면 제 신분을 믿어 주실 수 있겠습니까?"

연후의 이어진 말에 홍의 대신의 눈가가 쉴 새 없이 흔들렸다.

확실히 태황장만으로도 눈앞의 사내가 지닌 신분 증명은 충분했다.

영락제가 유가장에 내린 신물이 바로 태황장이며 그 뜻 그대로 황제의 종아리를 때릴 수 있는 회초리가 바로 태황장의 유래임을 모르지 않기 때문이다.

이는 대를 이어 황사를 역임해 온 유가장의 상징과도 같은 신물인 것이니 연후의 정체는 더 이상 의심받지 않아도 될 일이었다.

하지만 그렇다고 해서 절차를 무시하고 황상 앞에 설 수는 없는 일이었다.

더구나 멸문해 사라진 지 오래인 유가장의 이름 따위는 조정을 장악하고 있는 태공공의 권세 앞에 너무도 보잘것없는 것이기 때문이었다.

괜히 그를 황제 앞에 내보였다가 훗날 이어질 태공공의 서슬을 감당하고 싶은 마음은 전혀 들지 않는 것이 홍의 대신의 솔직한 심경이었다.

그렇다고 하나 유가장의 후손을 함부로 대할 수도 없는 일.

당연히 그 음성은 많이 수그러져 있었다.

"허허, 하면 알 만한 사람이 이런 사단을 벌인단 말인

가. 멸문의 화를 피했으면 시기를 기다려야 할 일이지 어찌 이리 무모하게 나선단 말인가? 일단 포승을 받게나. 내 후일 자초지종을 고하고 반드시 고변의 기회를 줄 것이니…….”

홍의 대신의 말에 연후는 다시 한 번 낙담할 수밖에 없었다.

반백 년 넘게 이어진 태공공의 권세가 대단할 것이라 생각하긴 했으나 그저 얼굴 한 번 마주 대하는 일이 이토록 힘겨울 것이라곤 생각지 못한 것이다.

결국 무력을 써서라도 태화전 안쪽으로 들어가야 할 상황에 직면한 것이란 판단이었다.

한데 그 순간 전혀 뜻하진 않은 이의 등장이 이어졌다.

어림천위군과는 또 다른 형태의 갑주를 걸친 중년 사내가 자금성의 정문 쪽에서 천천히 다가오기 시작한 것이다.

용린처럼 번쩍이는 금빛 갑주를 차려입은 그가 모습을 드러내자 태화전 앞마당을 가득 채우고 있던 이들 모두가 물살이 갈리듯 길을 내주었다.

그러면서도 하나같이 더없는 공경의 눈빛을 보내고 있는 것이다.

그도 그럴 것은 사내의 정체가 과거엔 금의위의 영반

이었고 지금은 어림천위군까지 총괄하는 막중한 위치에 이른 존재였기 때문이다.

그뿐 아니라 대내제일 혹은 금군제일무장이란 칭호까지 붙은 이가 등장했으니 이제까지 곤란했던 상황이 단번에 끝나리란 믿음 가득한 눈빛들이 새롭게 나타난 무장에게 이어지고 있는 것이다.

그는 그렇게 나타나 말없이 연후가 서 있는 태화전 입구 쪽으로 다가왔다.

그런 연후보다 먼저 그를 반긴 것은 홍의 대신이었다.

"도촬원 첨도어사 구자승이 도지휘사 어른을 뵙습니다."

나이 차도 얼마 나지 않아 보이는데도 극상의 예로 무장을 맡는 그 태도에 연후 또한 은근한 놀라움이 일 수밖에 없었다.

도촬원 첨도어사라면 종사품의 품계였다.

한데 새로이 등장한 무장은 그보다 두 단계나 높은 도지휘사의 품계에 있다 하니 그 나이로 보아 쉬 믿기지 않는 지위였다.

그렇게 나타난 무장은 연후 쪽으로는 시선도 주지 않고 태화전 앞에 이르러 부복했다.

"하북도지휘사 곽영이 삼가 황상의 알현을 청하나이다!"

그의 쩌렁쩌렁한 음성이 태화전 안쪽을 향하자 기다렸다는 듯한 반가운 음색이 이어졌다.

"오오! 왔는가? 무뢰배의 난입에 짐이 실로 괴로웠건만 그대가 와 주었으니 아니 든든할 수가 없도다. 속히 저자의 목을 베어라."

태어나 처음 듣는 황제의 목소리였다.

하나 그것이 자신의 목을 베란 말이었으니 연후의 인내심도 거의 한계에 이를 지경이었다.

이런 자를 위해 조부의 목숨이 사라졌나 싶은 마음까지 일어 이 모든 일이 그저 헛고생은 아닌가 싶은 생각마저 들었다.

이대로 사라져 버리면 모든 것이 끝날 일, 하나 그럴 수만은 없는 것이 적어도 의제 단목강의 가문에 일었던 억울한 역모의 죄만은 풀어 주고 싶은 마음 때문이었다.

정말로 수틀리면 이 이상의 난동이라도 부릴 준비가 되어 가는 연후였다.

한데 바닥에 엎드려 있던 곽영이란 무장에게서 전혀 예기치 못한 음성이 이어졌다.

"위대하신 폐하께 미천한 소장이 삼가 아뢸 것이 있습니다."

"말하라."

"폐하! 유가장은 만고의 충신 가문이며 그 후예 역시 마땅히 그에 합당한 대우를 받을 수 있는 이옵니다. 오늘 이자가 대역무도한 죄를 지은 것은 사실이나 먼저 그 사정을 살피신다면 폐하의 성총이 영세무변함을 보이시는 것과 같다 사료되옵니다. 부디 그의 말을 들어주십시오."

곽영의 연이어진 음성에 그 누구보다 당황한 것은 연후 자신이었다.

물론 태공공의 수족이나 다름없다 여기는 곽영이 유가장의 후손을 두둔하고 나선 일에 꽤나 많은 이들이 당황하고 있는 것도 사실이었으나 그런 내막을 전혀 모르는 연후의 입장에선 그가 왜 자신을 돕는지 전혀 이해할 수가 없는 일이었다.

그저 보이는 상황만으로 짐작하길 어쩌면 한 명 정도 진짜 충신이 있긴 하구나 하고 생각할 뿐이었다.

그렇게 곽영의 음성이 이어진 후에야 태화전 안쪽이 더욱 술렁이기 시작했다.

"아니 됩니다. 폐하!"

"그렇사옵니다. 어찌 조정의 법도를 무시하고……."

"혹여 위험할 수도 있습니다. 부디……."

황제의 걸음을 만류하는 듯한 대신들의 간청이 연이어졌으나 그 가운데 흘러나오는 황제의 음성은 단호하기만 했다.

"짐의 검인 곽영이 있는데 무엇이 두려울 것이냐! 내 친히 오늘의 일을 문초할 것이니 그리 알라."

이전까지와 다른 근엄한 음성과 함께 태화전으로 내관들을 잔뜩 앞세운 황제의 모습이 드러났다.

그렇게 난생처음 황제를 마주하게 된 연후의 눈에 잠시 잠깐 서린 것은 어쩔 수 없는 실망감이었다.

이제껏 상상해 온 대명의 천자와는 너무도 다른 모습이었기 때문이다.

그저 조금 중후한 인상에 그저 조금 근엄한 표정으로 억지웃음을 지으며 곽영을 손수 일으키는 그 모습에 가슴 속 무언가가 툭 하고 끊겨 나가는 기분인 것이다.

당장은 그게 무엇 때문인지 정확히 알 수는 없었으나 한 가지 확실히 느낀 것은 있었다.

그의 존재감이 그리 대단할 것이 없다는 사실.

어찌하여 환관 따위에게 반백 년 넘게 조정이 지배되어 올 수 있는지 그를 대하며 그저 납득하게 되어 버린 것이다.

실상 연후가 그런 생각을 하게 된 이면에는 이제껏 만나 온 이들 중 인간의 범주를 넘어선 이들을 보았기 때문이다.

가까이는 태공공만 해도 그렇고 자신에게 무공을 가르쳐 준 이들 모두 일정 이상의 경지를 넘어 자연스런 기품 같은 것이 풍겨 나는 이들이었다.

아니, 무산에서 만난 단목세가의 가신들만 해도 적어도 눈앞의 황제라는 이보단 훨씬 뛰어나다 느꼈고 곽영이란 무장이나 구자승이란 대신조차 구중궁궐에 둘러싸인 황제보다 더 큰 존재감이 느껴졌다.

거기다 자신이 도저히 측량할 수 없는 경지에 머물고 있는 부친이 평생을 다해 무너뜨리고자 하는 존재가 눈앞의 황제라 생각하니 허탈한 마음마저 일 것 같았다.

너무도 불충한 생각들이 분명했지만 자연스럽게 이는 그런 마음에 그저 혼란스러울 수밖에 없었다.

그러면서도 문득 한 가지 사실을 깨달을 수 있었다.

'강호인, 어쩌면 나는 벌써 강호인이 되어 버린 것인지도…….'

강호의 무인들은 관의 인물들을 무시한다고 들었다.

분명 대명의 하늘 아래 존재하지만 초법적이며 또한 초월적이라 들었는데 그들이 왜 그런 사고방식을 가지게 되었는지 조금은 깊은 이해를 하게 된 것이다.

그런 생각이 들거나 말거나 어찌 되었든 당장은 대명의 황제를 처음 대하는 자리였다.

마땅한 예를 취해야 함이 당연한 일.

연후가 태화전 바닥에 부복했다.

"미거한 대명의 백성이 삼가 대명의 하늘이신 폐하의 옥체를 알현하나이다!"

연후의 대례가 이어졌지만 이를 대하는 황제의 얼굴에는 마땅치 않다는 기색이 역력했다.

그가 무엇 때문에 이 자리에 왔는지는 모르겠으나 그의 난입으로 어전 회의가 무산되었으니 이는 그 어떤 사가에도 기록되지 않을 정도로 중차대한 사건이었다.

그 연유가 합당할지라도 도저히 묵과하며 지나칠 수 없는 일이라는 생각이었다.

그러면서도 확실히 강호의 무뢰배들을 엄히 다스려야 한다는 곽영의 말이 더없이 충정 어린 것이었음을 확인하고 있는 중이었다.

"그래, 짐을 보자 했다고? 너 하나로 인해 국사가 멈추는 황망한 일을 겪었으니 그 이유가 반드시 합당해야 할 것이다."

너무나 냉랭하게 이어지는 황제의 음성이었지만 연후의 표정은 다시금 침착하게 변해 있었다.

이제부터 해야 할 일이 얼마나 중요한 일인지 너무나 잘 알고 있었기 때문이다.

"폐하께서 친히 보셔야 할 것이 있사옵니다."

그렇게 말을 꺼내며 내내 들고 있는 목궤를 태화전 바닥에 내려놓는 연후.

여전히 마땅치 않다는 눈으로 옆에 선 내관을 향해 황제가 눈짓을 했다.

그러자 내관이 쪼르르 달려 나와 목궤를 집어 들었다.

한데 그런 내관을 다시 곽영이 물리며 직접 목궤를 들고 황제의 지척에 이르렀다.

"어떤 것이 있을지 모르니 신이 직접 검수하겠나이다."

"오오! 과연 짐의 충신이로고. 허락하겠도다."

주거니 받거니 이어지는 곽영과 황제의 대화, 하나 고개를 숙인 채 가만히 듣고 있는 연후의 표정은 여전히 무심하기만 했다.

그렇게 곽영이 닫혀 있던 목궤의 뚜껑을 열었다.

그리고 그 안에 든 것을 확인한 이들의 입에서 하나 같은 경악성이 터져 나왔다.

이는 바로 지척에서 그 내용물을 본 황제 역시 크게 다르지 않았다.

"이, 이놈! 이것이 대체……!"

목궤 안에 들어 있는 것은 당연히 효수된 태공공의 머리였다.

백발이 치렁치렁한 흐트러진 채 완전히 쭈글쭈글해진 그의 머리통만을 보고 그의 정체를 알아본 이는 아무도 없었다.

단지 효수되어 있는 것이 늙은 환관이라는 것만 짐작할 수 있을 뿐.

"뭣들 하느냐! 당장 저 천인공노할 놈의 목을 베거라."

노기 가득한 황제의 명이 떨어졌고 주변을 가득 매운 내밀원 위사들의 병장기가 연후를 향하려는 순간이었다.

"고정하십시오, 폐하. 아직 이 같은 황망한 일을 벌인 이유를 듣지 않았습니다."

또다시 곽영이 나서 보았지만 그의 말도 더 이상 황제의 분노를 가라앉히진 못했다.

한데 그 순간 그 누구도 믿지 못할 일이 벌어졌다.

효수되어 목궤 안에 놓여졌던 늙은 환관의 눈이 갑작스레 번쩍하고 떠진 것이다.

황제를 보필하던 내관들 몇이 허둥거리며 뒤로 나자빠졌다.

그리고 그 순간 잘려 버린 머리통의 입술이 달싹거리며 열리기 시작했다.

"피를…… 피가…… 필요……."

그 기경할 일에 황제마저 부들부들 경련했지만 정작

목궤를 들고 있는 곽영이나 부복한 연후만은 전혀 흔들림이 없는 모습이었다.

순간 곽영이 잘린 머리통을 목궤에서 들어 올렸다.

여전히 달싹거리고 있는 그 머리통의 입술을 향해 자신의 팔뚝을 가져다 대는 곽영.

순간 덥석하고 그의 팔뚝을 깨문 뒤 꿀떡꿀떡 그 피를 빨아들이는 머리통의 모습은 그 자리에 있는 거의 대부분의 사람들을 아연실색하게 만드는 일이었다.

연후 또한 갑작스런 곽영의 행동에 놀라 황급히 그를 만류하려 했다.

하나 그보다 먼저 행동한 것이 곽영이었다.

반백의 머리카락을 힘껏 잡아채자 팔뚝의 살점이 뭉텅이로 뜯기며 태공공의 머리가 허공중에 흔들거렸다.

그렇게 드러난 태공공의 머리는 조금 전과 달리 누구라도 그가 태공공임을 알아볼 수 있을 정도로 변해 있었다.

"곽영아! 저자를 죽여라! 팔십만 금군을 모두 동원해 저놈을 죽여야 한다. 황상! 나요, 황상을 위해 평생을 바쳐 온 나 공공이오. 저 씹어 먹을 놈이 나를 이리 만들었소. 저놈이야말로 대역무도한 죄인이오. 곽영아! 피를 더 다오! 피를 더!"

머리만 허공에 뜬 채 째까만 눈을 끔뻑끔뻑거리며 쉴 새 없이 중얼거리는 태공공의 모습에 다시 한 번 그 자리에 모인 이들이 아연실색할 수밖에 없었다.

황제 또한 면전에서 이 같은 일을 목도하는지라 그 황당함과 두려움에 할 말을 잃고 말았다.

그 모든 상황을 담담히 지켜보던 곽영이 태공공의 머리를 들어 올린 뒤 자신의 얼굴 쪽으로 방향을 틀었다.

그렇게 마주한 태공공의 눈엔 한 줄기 희망의 빛이 서렸다.

"오! 그래 곽영아. 나다. 피를 좀 더, 피가 있어야 내가 살고 너도 사는 것이다. 어서 피를……."

여전히 계속되는 태공공의 음성을 향해 곽영의 더없이 나직한 음성이 이어졌다.

"어디서 요물 따위가 나타나 폐하의 성총을 어지럽히느냐? 건청궁에 요물이 살며 궁녀까지 잡아먹는다 하더니 그 정체가 바로 네놈이었구나."

그 말을 끝으로 태공공의 머리를 허공으로 내던지는 곽영.

그리고 이내 그의 허리춤에서 뻗어 나온 검신이 태공공의 머리를 삽시간에 갈라 버렸다.

그걸 바로 지척에서 지켜본 연후의 등 줄기로 한 가닥

식은 땀이 흘러내리는 것을 느껴야 했다.

그곳에 있는 이들 대부분이 보지 못한 것이지만 그 찰나의 순간 곽영의 검신에 서린 금빛 서광의 존재를 똑똑히 감지할 수 있었기 때문이다.

또한 그 서광에 이제까지 느껴 본 적이 없는 전혀 새로운 종류의 기운이 서려 있었다는 사실을 감지한 것이었다.

아니나 다를까 두 동강이 난 태공공의 머리는 이전까지 연후가 난도질했던 때와는 전혀 다른 반응을 보이고 있었다.

반쪽이 난 채 바닥에 떨어진 그 머릿속 진액들이 최후의 발악이라도 하듯 격하게 꿈틀거리다 이내 서서히 그 움직임이 잦아들고 있으니 연후의 내심에 이는 놀람은 더욱 커질 수밖에 없었다.

또한 그리된 이유가 곽영의 검에 서린 서광 때문임을 짐작할 수 있었기에 과연 세상은 넓고 무공은 끝이 없구나 하는 생각을 지우지 못하는 것이다.

물론 곽영의 검이 정종무학의 본산이 소림의 무공 중에서도 그 끝을 본 이가 없다는 달마삼검에 바탕을 두고 있음을 전혀 모르기에 내리는 추측이었다.

어찌 되었든 태공공은 그렇게 최후를 맞이했고 연후가

할 수 있는 일은 모두 끝이 났다.

한데 참으로 신기하게도 연후가 하고 싶었던 말들의 대부분이 곽영의 입에서 흘러나왔다는 것이다.

태공공의 정체라든가 그가 익힌 무공의 천인공노함, 그로 인해 그간 능멸당했던 조정과 그에게 붙어먹은 수많은 간신배들의 농간까지 황제 앞에서 낱낱이 까발려지고 있는 것이다.

그 후의 일은 그야말로 일사천리로 흘러갔다.

심지어 태공공을 암습했던 강호인들의 무고함까지 함께 주창하는 곽영의 말을 들으며 그 모든 상황을 연후는 그저 지켜보고 있을 수밖에 없었다.

삽시간에 태화전에 있던 대다수의 대신들이 금의위에 끌려갔으며 심지어 동창의 인물들이나 황제를 보필하던 많은 수의 내관들까지 줄줄이 포승줄에 묶여 나갔다.

흡사 또 다른 태공공이 생겨난 것은 아닌가 하는 생각이 들 정도로 모든 일을 좌지우지하는 곽영.

내심 씁쓸한 마음이 일지 않을 수 없어 이제는 정말 떠날 때가 되었다는 생각을 하는 연후였다.

한데 그 즈음 황제의 전에 없이 다정한 음성이 연후에게 이어졌다.

"그래, 정말로 수고가 많았다. 그대가 없었다면 언제까지 저 요물에게 정사가 농락당했을지 모르는 일, 그 공이 실로 작지 않다 할 수 있겠으니 오늘의 일을 공과로 상쇄토록 하겠다."

"성은이 망극하옵니다. 폐하."

연후가 다시금 황제 앞에 부복했다.

어찌 되었든 무언가를 바라고 한 일이 아니니 금군에 쫓길 일만 벌어지지 않은 것이 다행이란 생각이었다.

하니 이제 마음마저 편해지는 기분이었다.

그런 연후의 얼굴이 연이어진 황제의 말에 점점 굳어져 갔다.

"그렇게만 처우한다면 과인이 행사가 공정타 여기지 않을 것이니 오늘의 과는 그대가 해낸 공에 비할 바 없음이 분명하여 짐이 더한 상을 내리고자 한다. 그대를 시강학사로 등용토록 할 것이니 그리 알고 짐에게 충성을 해야 할 것이다."

뜻하지 않았던 관직 제수에 잠시간 말문이 막혀 버린 연후였다.

시강학사라면 종오품의 관직이다.

하나 보통의 오품 관직이 아니라 한림원의 수장 바로 아래에 위치한 관직이며 이는 다시 말해 재상의 자리를 겸직하고 있는 내각대학사를 보필하는 자리라는 것이다.

그런 정도의 자리라면 천하의 모든 유생들이 우러러볼 정도의 대학사들에게나 주어질 자리인 것이다.

연후의 나이대에 오를 수 있는 위치도 아니거니와 향시나 회시 전시를 거쳐 등용된 자가 아닌 이가 올라서도 안 되는 자리였다.

물론 연후가 유가장의 후인이라는 것을 이유로 들면 그 같은 등용이 가능할 수도 있겠지만 정작 연후 본인은 더 이상 조정의 일에 관여하고 싶지 않은 것이 솔직한 본심이었다.

"폐하의 성은이 하늘과 같음에 실로 감읍할 따름입니다. 하나 소생 감히 그 자리를 감당할 능력이 없사오니 이를 헤아려 주십시오."

연후의 완곡한 거절이 이어졌지만 황제는 그것이 그저 형식상 보이는 겸양이라고 생각할 뿐이었다.

그 나이에 종오품 관직을 받는 일을 거절할 인사가 어디 있겠냐 하는 생각이었다.

"오늘 본 그대의 능력이면 충분할 터, 그렇다고 황사 가문 출신의 그대를 무장으로 임관할 수는 없는 것이 아니겠는가? 시강학사로 머물다 때가 되면 과인의 손자 손녀들의 스승이 되어 주게. 그리해야 짐이 유가장에 진 빚을 갚는 것이 아니겠는가?"

연이어진 황제의 말에 엎드려 있던 연후의 눈빛이 한 차례 나직하게 떨렸다.

'빚을 갚는다라⋯⋯. 그러셨구려. 그렇게 말 한마디로, 관직 하나 던져 주는 것으로 갚을 빚인 것이 유가장이란 말이로군요. 그런 것 따위 내 쪽에서 먼저 사양입니다.'

심중에 이는 마음을 그대로 내뱉을 수는 없었지만 이 제는 확실히 선을 그어야 할 때임을 깨달은 연후였다.

내내 부복하여 있던 연후가 서서히 몸을 일으켰다.

황제의 윤허도 받지 않고 보이는 그런 모습은 실로 엄 청난 대죄였지만 몸을 일으킨 연후는 너무도 당당한 표정 이었다.

"소생은 이미 강호의 무부일 따름입니다. 유가장은 이 미 없으니 마음의 빚 따위 털어 버리십시오. 하면 옥체 보중하시어 백성들을 헤아리시길⋯⋯."

그렇게 자신의 할 말 만을 마친 연후의 눈에 일순간 번 뜩이는 기광이 서렸다.

그런 연후의 태도에 노기가 서린 황제가 무어라 입을 열기도 전에 연후의 신형은 어느새 사라지고 없었다.

너무나 순식간에 벌어진 일이었고 그 순간 곽영의 고 개가 자금성 밖으로 확하고 꺾였지만 그조차 연후의 모습 을 눈으로 직접 확인할 수는 없었다.

'과연! 대인의 핏줄이란 말인가.'

곽영의 머릿속엔 그런 생각들이 가득했지만 그 또한 오래가지 못했다.

"이런 고얀! 감히 짐의 면전에서 짐을 능멸하고 사라지다니……. 당장 추포령을 내려 저자를……."

"폐하! 그가 말하였다시피 강호의 무인들은 누구 하나 무뢰배가 아닌 이가 없사옵니다. 충정 어린 유가장의 후인마저 이리 변했는데 어찌 그자들을 두고 보겠사옵니까. 하니 더더욱 무림지부의 일을 서둘러야 할 것입니다. 신이 무림왕이 되어 강호의 무부들마저 폐하의 법 앞에 무릎 꿇리겠사옵니다."

"오오! 과연 곽영이로고. 그래, 짐이 너를 도울 것이다. 암, 그래야지. 암……."

황제의 총애 어린 음성이 그렇게 이어지는 동안 그 앞에 머리를 조아리고 있는 곽영의 눈가엔 스산한 기운만이 감돌고 있었다.

第十章

재회

단오절이 며칠 앞으로 다가오자 동정호변으로 모여드
는 인파는 점점 늘어만 가는 실정이었다.

　그도 그럴 것이 단오절은 그 유래가 물가와 깊은 관련
이 있기 때문이며 그로 인해 대륙 최대의 호수라는 동정
호에도 사람이 몰릴 수밖에 없는 것이다.

　"단오절의 유래는 초나라 굴원이란 이의 고사로부터
시작되지. 전쟁에 패한 슬픔을 못 이겨 굴원이란 이름의
시인이 물에 빠져 자살을 해 버린 거야. 그것을 안 사람
들이 굴원의 시신을 건지기 위해 너 나 없이 물가로 몰려
들었고. 용선(龍船) 경주가 단오절 최대의 행사가 된 것
도 다 그런 이유로부터 비롯된 것이라고."

동정호가 내려다보이는 객잔의 이층 창가에 앉아 지나가는 이들을 바라보며 입을 여는 혁무린의 음성은 무척이나 나직했다.

하나 맞은편에서 이를 듣고 있는 단목연화나 등 뒤에 선 골패륵은 꽤나 놀라는 표정이었다.

해박한 무린의 말투가 너무나 의외인지라 전혀 예상치 못했다는 반응들이었다.

"그렇군요. 전혀 몰랐습니다. 그저 단오절에는 뱃놀이를 즐기는 것이라고만 알고 있었는데 오늘 혁 공자께 배움을 얻었습니다."

"아! 뭐! 유가장에서 배운 것인데……."

                    *   *   *

"휴, 이제 하루만 더 지나면 단오절이네요. 그나저나 사람이 정말 많네요. 이렇게까지 많은 사람을 보는 건 처음이에요. 이러다 여기까지 몰려오는 것은 아닐까요?"

동정호 중심에 자리한 군산도의 암벽 위에서 들려오는 여인의 음성이었다.

"걱정할 것 없어. 그냥 여기서 하루만 더 견뎌."

연이어 들려온 사내의 딱딱한 음성에 여인의 얼굴이

뾰루퉁하게 변했다.

"그나저나 이렇게 사람들이 많은데 괜찮을까요? 누군가 공자님의 정체를 알면……."

"상관없어. 어차피 내일 하루만 버티면 되니까."

"그래도 하필 이렇게나 사람이 많은 곳을 약속 장소로 잡으시다니, 친구분들도 참 이상하네요."

"그땐 어렸으니까. 단오절이니 여기서 펼쳐지는 용선 경주를 보고 싶은 마음이었지. 뭐 어쨌든 대륙 최대의 축제 중 하나라니까……."

"참 그러고 보면 사다인 공자님은 저보다 중원에 대해 훨씬 많이 아는 것 같아요. 정말 대단하세요."

"너보다 많이 아는 것은 당연한 거 아니야? 너 무곡 말고 어디 가 본 적이나 있어?"

"헤헤, 그렇죠. 참 다행이에요. 중원을 잘 아는 공자님과 있게 돼서……."

"아, 제발 좀! 바보처럼 웃지 좀 마라."

"히히!"

"또!"

"그냥 좋은 걸요. 참 예쁘네요. 여기 동정호. 또 가슴이 두근두근거려요."

"그럼 그 칼이나 꼭 끌어안고 있어."

　　　　　*　　　　*　　　　*

　네 마리 준마가 이끄는 마차가 관도를 힘차게 질주하
고 있었다.

　그 속도가 어찌나 빠른지 마차 안은 연신 덜컹거리는
소음으로 가득할 수밖에 없었다.

　그 때문인지 마차 안에 동승한 두 여인 중 한 명의 얼
굴이 너무나 창백하기만 했다.

　"마마! 옥체가 상하실까 염려되옵니다. 잠시 쉬어 가시
지요."

　"전 괜찮습니다. 아직은 버틸 만하니 걱정하지 마세
요."

　"그래도 무리입니다. 쉬지 않고 달려도 내일 중 악양까
지 당도한다는 보장이 없습니다. 자칫 마마님께서 탈이라
도 나면……."

　"정말 괜찮습니다. 그리고 꼭 가야 합니다. 단목 공자
님을 위해서도 또 유 공자님을 위해서도. 더 서둘러 주실
수는 없는지요?"

　여인 차운 공주의 음성은 결연하기만 했다.

　하니 마주 앉은 천월 역시 그저 만류할 수만은 없었다.

"휴, 마마의 고집은 정말 당해 낼 수가 없군요. 굳이 이 먼 길을 호위도 없이 가려 하시다니⋯⋯."

"법사님도 계시고 또 든든한 마부 아저씨도 있으니 걱정하지 않습니다."

자운 공주의 음성이 밝게 이어지자 마차를 채찍질하는 데 여념이 없는 마부의 얼굴이 와락 일그러졌다.

'젠장! 이 암천이 어째서 마부 아저씨가 되어 버린 거야!'

암천의 그런 내심은 아랑곳하지 않고 자운 공주의 얼굴이 창백한 가운데도 밝게 빛났다.

"꼭 제 입으로 이 기쁜 소식을 전하고 싶어요. 또한 이 모든 일을 유 공자께 직접 감사드리고 싶습니다. 그래야 만 마음이 편해질 듯하니 반드시 도착해야 해요. 그렇게 해 주실 수 있죠? 마부 아저씨?"

자운 공주의 음성이 들려오자 암천의 얼굴이 다시 한 번 와락 일그러졌다.

"네엣! 누구 명이라고 거부하겠습니까? 받들어 모시겠습니다."

말은 그렇게 하면서도 내심은 전혀 반갑지 않은 암천이었다.

사실 단목강을 만나는 일이나 그녀들을 호위하는 일

정도는 오히려 암천이 바라 마지않는 일이었다.

다만 그곳에 가면 혁무린을 만나야 한다는 사실과 또한 그 곁에 있을 것이 뻔한 골패륵을 다시 본다는 것이 싫을 뿐이었다.

물론 이제는 일방적으로 두드려 맞지 않을 자신은 충분했지만 그래도 싫은 건 싫은 것이다.

더구나 백 년 후엔 자부로 되돌아와야 한다는 혁무린의 농담 같은 말이 점점 더 진짜가 되어 가는 것 같아 정말로 마주하기가 꺼려지는 기분이었다.

헌데 어째 요 근자에 피부색도 좋아지고 점점 젊어지는 것 같으니 그의 말처럼 정말로 삼백 살까지 살 수 있게 될 것 같아 그것이 좋은 것인지 불안한 일인지 구분하기도 어려운 상태인 것이다.

여하간 그렇게 또 한 무리의 연자들이 악양으로 향하는 중이었다.

*　　　*　　　*

"그러니까 무리라는 말씀입니다."

연후의 음성은 전에 없이 날카로웠다.

"아니 할 수 있는데 안 하시는 것입니다. 전 상관없다

했습니다. 이미 지쳐 쓰러진 말을 어찌 금세 다시 뛰게 할 수 있겠습니까?"

"그러니까 이만 헤어지자는 것입니다. 어째서 이렇게까지 저와 동행하려 하십니까? 함께 갈 상황이 아님이 분명한데."

"유 공자님! 그렇게 보지 않았는데 참으로 뻔뻔하시군요. 분명 제게 은혜를 갚겠다 말씀하신 것이 세 번이나 됩니다. 하나하나 다시 읊어드려야 합니까?"

"그래서 이제껏 동행해 드린 것이 아닙니까? 하지만 당 소저의 말은 이미 지쳤고 소생은 내일까지 악양에 도달해야 합니다. 도저히 함께할 상황이 아니지 않습니까?"

"자꾸 회피만 하려 하시는군요. 저를 안고 가시면 될 일 아닙니까? 말 따위는 비교도 안 되게 이동하실 수 있으니 충분히 가능한 일입니다."

"허! 어찌 그런 억지를. 어찌 소생 보고 여인을 품에 안고 달리라 하십니까? 절대 불가합니다."

"이제 또 여인입니까? 우리 친구가 되기로 한 것 아니었습니까? 전 유 공자를 사내로 보지 않는데 어찌 공자께선 아직도 절 여자로만 보십니까?"

"그거와 이건 다릅니다."

"다르지 않습니다. 공자께서 제게 음심이 있지 않는 한

뭐가 문제입니까? 저 역시 친구의 친우들을 함께 만나고 픈 마음이 간절합니다. 안기 싫으면 업고라도 가 주십시오."

"세상에 이런 억지가……."

"억지라니요. 황궁의 일을 제안한 것도 또 태황장을 찾아낸 것도 접니다. 그때 뭐라고 하셨는지 또 잊으셨습니까? 어떤 일이든 가능한 일이면 세 가지는 들어주신다 했습니다. 저를 업고 달리는 게 불가능한 일입니까?"

"……."

"업으세요. 그리고 달려 주세요."

*　　*　　*

단오절 아침이 되자 근처 객잔에 머물던 무린 일행은 서둘러 악양루를 찾았다.

꽤나 이른 시각임에도 불구하고 악양루 삼층 전각마다 꽤나 많은 이들로 북적이고 있었다.

무린이 잠시간 골똘히 생각에 잠기더니 이내 그 뒤를 따르던 골패륵을 불렀다.

"삼층 전망이 좋아 보이네. 친구들 하고 조용히 자리하고 싶은데 가능할까?"

"명을 따릅니다."

꾸벅 고개를 숙인 골패륵은 성큼성큼 걸음을 옮기며 살벌한 기세를 줄기줄기 뿜어냈다.

쿵! 쿵! 쿵! 쿵!

그의 발걸음이 하나씩 지면을 밟을 때마다 땅거죽이 들썩이는 듯한 굉음이 퍼져 나갔고 그의 발끝이 악양루의 일층에 닿는 순간 그 소리는 다시금 강력한 떨림이 되어 악양루를 휘감았다.

무시무시한 대도를 허리춤에 패용한 채 발걸음 하나하나에 어마어마한 기세를 풍기는 거한의 등장은 일찌감치 좋은 자리를 선점하기 위해 악양루를 찾은 이들을 주목시키기에 충분했다.

그의 등장과 함께 마른침을 꿀꺽 삼키지 않은 이가 없는 상황, 다행히도 그는 일층과 이층의 전각을 그대로 지나쳐 악양루의 꼭대기 층에서 발걸음을 멈췄다.

그렇게 등장한 골패륵의 모습에 삼층에 먼저 자리를 잡았던 이들 모두가 잔뜩 긴장한 얼굴이 될 수밖에 없었다.

근 삼십 명에 달하는 이들이 골패륵을 보며 왠지 모를 위축감에 떨기 시작했으나 정작 골패륵은 그들의 시선은 외면한 채 전망이 가장 좋은 망루 쪽으로 발걸음을 옮겼다.

그 모습에 먼저 자리한 이들이 슬금슬금 옆으로 이동했지만 이 또한 전혀 신경 쓰지 않는 골패륵이었다.

그렇게 망루의 끝에 다다라 전방에 펼쳐진 동정호를 바라보는 골패륵의 눈에 잠시간 살벌한 기운이 넘쳤다.

슈앙!

언제 빼 들었는지 모르게 휘둘러진 도끝에서 엄청난 바람 소리가 일더니 그 궤적을 따라 정면의 호수에서 엄청난 물보라가 치솟기 시작했다.

콰콰콰쾅!

치솟은 물줄기의 높이가 무려 사 장 가까이나 되었으니 그 기경할 광경에 삼층은 물론 그 아래층에 있는 이들까지 부들부들 떨 수밖에 없었다.

숨소리조차 나지 않을 정도의 무거운 침묵.

그리고 그 적막함 속에서 흘러나온 골패륵의 목소리가 주변에 자리한 모두에게 똑똑히 울려 퍼졌다.

"천하에 적수가 없어 유랑하다 이곳에 왔으니 누가 나의 적이 되어 줄 것인가?"

혼잣말처럼 흘러나오는 그 음성과 함께 그의 손에 들린 대도가 힘차게 울음을 터트렸다.

우우웅!

"누구라도 좋다. 나와 싸워 줄 수만 있다면……!"

연이어진 그의 혼잣말에 삼층에 모여 있던 이들 중 몇이 슬금슬금 자리를 빼기 시작했다.

그 순간 전방을 향해 있던 골패륵이 확 하고 고개를 돌렸다.

"그대인가! 나의 일도를 받아 줄 사람이!"

느닷없이 좌중을 향해 도끝을 겨누는 골패륵, 이에 화들짝 놀란 이들이 일제히 쿵쾅거리며 계단을 뛰어 내려갔다.

순식간에 삼층 전체가 텅 비어 버린 것이다.

그러고 나서도 한참 뒤에야 무린이 단목연화와 함께 삼층으로 모습을 드러냈다.

그런 무린의 입가가 히죽 웃고 있었다.

"이야! 능력 있네. 하면 다른 사람이 못 올라오게 부탁 좀 해도 될까?"

"네 주군! 소신은 주군의 친구분들을 모르는지라……."

"아! 걱정할 것 없어. 못 이기겠다 싶으면 올려 보내."

순간 골패륵의 미간이 꿈틀거렸다.

스쳐 가듯 나온 말이었지만 그것은 골패륵의 자존심을 크게 상하게 만드는 말이었기 때문이다.

한데 무린은 그런 골패륵을 보며 더욱 크게 웃었다.

"진짜야. 패륵이 못 이겨. 아, 연후 녀석은 잘 모르겠네. 어쨌든 녀석도 꽤 세긴 셀 거야."

다시금 이어진 무린의 말에 골패륵은 결심을 굳혔다.

오늘 주군의 친구들이 이곳에서 회동하는 일은 벌어지지 못할 것이라고.

하나 그런 골패륵의 다짐은 해가 중천에 이를 무렵 여지없이 무너져 버렸다.

"뭐야? 뭔데 입구를 막고 있어?"

시꺼먼 얼굴의 젊은 놈이 다짜고짜 반말을 걸어오자 골패륵의 눈가가 노기로 번들거렸다.

한데 사내의 반응이 그의 예상 밖이었다.

"자세히 보니까 한족이 아니네. 그래서 살살해 주는 것인 줄 알아라."

치지직!

느닷없이 내뻗어진 사내의 손끝에서 이는 섬뜩한 소리.

연이어 한 줄기 번쩍이는 섬광을 본 골패륵의 신형이 계단 아래로 허무하게 굴러 떨어져 버렸다.

그 직후 이층 계단의 난간에 볼품없이 걸쳐 있게 된 골패륵의 신형은 한참이나 잔 경련을 일으켜야만 했다.

그런 골패륵의 신형을 앞으로 다시 백색 장검을 품에 꼭 끌어안은 여인이 나타났는데 그녀는 앞을 막은 골패륵을 보며 흠칫하며 놀라는 모습을 보였다.

하나 더 이상 골패륵은 누군가를 제지할 수 있는 상황이 아니었다.

"올라와! 괜찮으니까."

여전히 삼층 계단 위에 서 있던 시커먼 얼굴의 사내 사다인의 음성이 이어지자 그녀가 황급히 대답했다.

"네, 알겠어요."

검을 품에 안은 여인 은서린은 골패륵의 눈치를 보며 조심스레 그 곁을 지나쳐 갔다.

그때까지도 골패륵은 부들부들 떨며 꼼작도 할 수가 없었다.

그렇게 일남 일녀에게 길을 내준 골패륵의 귓가로 주군 혁무린의 더없이 반가운 음성이 들려왔다.

"사다인! 우하하하하! 이게 얼마만이냐!"

"녀석, 호들갑스러운 건 여전하구나."

"우하하하! 그게 오 년 만에 만난 친구한테 할 소리냐. 어디 한 번 안아 보자. 친구야!"

"징그럽다. 더 이상 다가오면 또다시 코뼈를 날려 주마."

"하하하하! 너야말로 그대로구나. 오호? 동행한 이 아리따운 처자 분은 누구시고?"

"끄응……."

너무나 들떠 있는 주군 혁무린의 음성과 새롭게 등장한 이족 사내의 음성이 연이어 들려오는 동안 골패륵 역시 간신히 몸을 운신할 수 있게 되었다.

그러면서도 조금 전 자신이 겪은 무공을 되짚으며 가슴속에 들끓는 경탄의 빛을 지우지 못했다.

'과연 주군의 친우! 뇌제의 전인 정도가 아니고서야 어찌 주군의 친우라 할 수 있겠는가!'

그러면서도 무너진 마지막 자존심을 지키기 위해 더욱더 독심을 품게 되었다.

"더 이상은 누구도 올려보내지 않는다."

이를 바득 간 골패륵은 어느새 기력을 회복했는지 굳건한 자세로 삼층 계단으로 오르는 입구를 석상처럼 지키기 시작했다.

하지만 그런 그의 결심은 또다시 한 번 난관에 봉착하게 되었다.

골패륵 앞에 나타난 이의 얼굴이 이미 낯익은 사내였기 때문이다.

"아! 무린 형님께서 먼저 와 있었군요."

골패륵을 향해 반갑게 아는 채를 한 이는 단목강이었다.

비록 여기저기 해지고 찢긴 회의 무복을 걸치고 있긴 하지만 그 영준하고 헌앙한 외모는 분명 골패륵이 알고 있는 주군의 의제 단목강의 것이 틀림없었다.

그런데도 불구하고 골패륵은 단목강에게 길을 내주지 않았다.

불과 한 달 전까지 몇 번이고 북경에서 마주친 적이 있으니 그를 몰라서 그러는 것이 아니었다.

그에게 중요한 것은 이 계단을 오르기 위해선 자신을 넘어야 한다는 주군 혁무린의 명이 우선이었기 때문이다.

그렇게 떡 버티고 선 골패륵의 눈빛과 그 전신에 서린 적의를 느낀 단목강의 얼굴도 묘하게 날이 섰다.

"장난할 시간이 없습니다. 급히 형님들께 아뢸 것이 있으니……."

"불가! 나를 넘지 않고선 오를 수가 없다."

골패륵의 싸늘한 응대의 단목강의 표정이 일변했다.

사실 평소의 단목강이라면 절대로 이만한 일로 발끈하진 않았을 것이다.

하나 뜻하지 않은 중살과의 조우로 인해 독이 바짝 오른 상태였기에 골패륵의 태도에 다소 과한 반응을 한 것이다.

"비키지 않으면 다치십니다."

후후흥!

날카로운 음성과 더불어 자신의 등 뒤에 나타난 어마
어마한 기세에 화들짝 놀란 골패륵은 그대로 몸을 뒤집으
며 허공으로 몸을 날려야 했다.

흡사 놀란 노루 새끼마냥 황급히 신형을 뒤집는 골패
륵의 신형은 어느새 계단에서 내려선 뒤 자신이 서 있던
자리를 믿기지 않는 눈으로 바라보게 되었다.

그곳에 잠시 잠깐 나타났다 사라진 것은 한 자루 거대
한 륜의 모습이었다.

그게 대체 무엇이었을까 하는 생각이 잠시간 골패륵의
머릿속을 떠나지 않았다.

당연히 아직 세상에 드러나기 전인 무제의 마지막 절
기 파천비륜을 골패륵이 알아볼 수 없는 일이었다.

다만 그 자리에 버티고 섰다면 자신의 허리가 그대로
양단 났을 것이란 사실만을 짐작할 뿐.

그렇게 다시 계단을 비켜서게 된 골패륵을 향해 단목
강이 공손히 포권을 취했다.

"그럼!"

단목강이 뚜벅뚜벅 걸음을 옮겨 삼층으로 올라가는 동
안에도 골패륵은 한동안 움직일 생각을 할 수 없었다.

"강아!"

"형님!"

때마침 삼층 전각에선 서로를 향해 격한 음성들이 들려왔으나 그런 음성들조차 듣지 못할 정도로 골패륵의 심사는 복잡하기만 했다.

뇌제의 후인이라면 몰라도 고작 중원 무가의 핏줄에게 밀려 버린 자존심은 그저 쉽사리 회복될 성질이 것이 아닌 것이다.

당장에라도 달려 올라가 다시 한 번 겨뤄 보고 싶다는 마음, 그런 골패륵의 내심을 읽었는지 바로 옆에서 들리는 듯한 무린의 음성이 그의 귓가를 파고들었다.

"패륵! 무제의 마지막 심득 파천비륜이라고 해. 그렇게 실망할 것 없다구. 겨우 반 수 정도 밀리는 정도이니. 내 밑에 조금 더 있으면 패륵도 그 정도는 충분히 할 수 있어."

그런 무린의 음성을 듣고서야 골패륵의 마음 한편이 차분해질 수 있었다.

어찌 되었든 주군이 있는 자리에서 경망스러운 꼴을 보일 뻔했으니 마음을 다잡으면서도 그 내심이 이는 경탄만은 쉽게 지워 낼 수가 없었다.

'허! 무제란 말인가? 과연 주군의 의제가 될 자격이 차고 넘치는구나. 하지만 더 이상은 안 된다. 이대로라면 나 골패륵의 자존심이 스스로를 용서치 못할 것이야!'

다시금 의지를 다잡는 골패륵, 하나 그러한 그의 의지는 연이어 등장한 일남 일녀로부터 여지없이 깨지고 말았다.

단목강이 위로 올라가고 난 지 얼마 되지 않은 그때 느닷없이 이층 전각 위로 번쩍 하고 모습을 드러낸 두 남녀가 있었다.

아무리 조금 전 일로 경황이 없다지만 그들이 어떻게 눈앞에 나타나게 된 것인지 전혀 알아채지 못한 골패륵은 전에 없이 긴장한 눈빛이었다.

하지만 그런 골패륵의 반응을 두 남녀는 전혀 신경 쓰지 않고 있었다.

"이야! 정말 빠르네요."

한껏 달아오른 여인의 음성이 흘러나오자 그녀와 마주한 유생 차림의 사내가 잠시 난감한 표정을 지었다.

"당 소저. 이 팔 좀 풀어 주시길……."

그제야 당황한 여인이 사내의 목을 끌어 안고 있던 말을 황급히 풀어냈다.

"어멋! 죄송합니다."

"죄송할 것까지야……."

부둥켜안은 채 나타난 것과는 달리 무척이나 어색한 태도를 보이고 있는 두 남녀는 연후와 당예예였다.

그런 두 사람을 물끄러미 바라보는 골패륵의 얼굴은

잔뜩 일그러져 있었다.

'아무리 주군의 친구라 하나 유생 따위에게 길을 내줄 순 없다!'

골패륵이 그런 생각으로 전에 없이 살벌한 기운을 뿜어내자 연후의 시선이 담담히 그를 향했다.

그렇게 골패륵을 본 연후가 잠시 고개를 갸웃거렸다.

그가 내뿜는 기세가 살기와는 달랐지만 명백한 적의임이 분명하니 그 이유를 몰라 당혹스러운 것이다.

하나 더 이상의 괜한 분란이라면 당연히 피하고 싶은 것이 연후의 심정이었다.

연후가 슬쩍 기감을 흘려 삼층 전각을 살폈다.

그리고 그중 낯익은 기운을 발견하곤 활짝 웃었다.

"사다인, 먼저 와 있었구나."

다른 이들은 잘 모르겠지만 얼마 전까지 함께했던 사다인의 독특한 기세만은 충분히 알아챌 수 있는 연후였다.

하니 아래층에서 실랑이를 하고 있을 이유가 전혀 없는 것이다.

연후가 덥썩 하고 당예예의 손을 잡았다.

잠시 당황한 당예예, 그리고 연이어 벌어진 일에 더욱더 당황할 수밖에 없는 골패륵이었다.

눈가에 번쩍이는 기광과 함께 두 사람의 신형이 감쪽

같이 사라져 버렸기 때문이다.

그 사이 무언가 자신의 곁을 스쳐 가는 듯한 느낌이 있긴 했지만 그것이 두 사람의 흔적이었다곤 도저히 생각할 수 없는 골패륵이었다.

결국 골패륵의 눈가에는 절망 어린 빛마저 감돌기 시작했다.

"이번엔 고작 유생이더냐! 나 북천신도 골패륵이 고작 유생 따위에게…… 크윽!"

가슴속 자괴감이 심마가 되려 하는 그 순간 삼층 전각 위로 다시금 소란스러운 소리가 들려왔다.

"무린! 강아!"

"연후 형님!"

"으하하하하하! 이게 누구냐! 이게 누구야! 우리 샌님 연후가 아니냐!"

한바탕 와자지껄한 해후의 음성들이 이어졌으나 자괴감에 빠진 골패륵은 처음과 달리 멍한 눈으로 계단에 기대 서 있을 뿐이었다.

그런 골패륵의 귓가로 때 아닌 낯익은 음성 하나가 들려왔다.

"하하! 이런 곳에 계셨구려."

두 명의 여인을 대동한 채 일층 계단을 걸어 올라오는

흑의 무복의 사내가 골패륵을 향해 제법 반가운 척을 했다.

순간 꿈틀하는 골패륵의 미간.

그와 더불어 이제껏 쌓여 있던 분노가 한꺼번에 조금 전 등장한 사내를 향해 터져 나오려 했다.

하나 그마저도 연이어진 무린의 음성에 제지당할 수밖에 없었다.

"에이 참! 암천대주는 친구가 아니잖아. 그냥 올려 보내라고. 더구나 귀한 분을 모시고 먼 길을 왔는데……."

순간 온몸에 힘이 빠진 골패륵과 그런 골패륵을 보며 고개를 갸웃거리는 암천이었다.

"저 인간이 있는 걸 보니 위에 다른 공자분들도 계신 것 같군요. 오르시지요. 마마."

암천이 길을 열자 잠시간 멈춰 있던 자운 공주가 크게 심호흡을 했다.

"후우!"

길고 큰 한숨을 내뱉은 자운 공주의 눈에 자그마한 결심이 서렸다.

그 후 그녀는 그 누구보다 당당하게 걸음을 옮겼다.

그래야만 하는 것이 과거의 정인과 지금 자신의 마음에 들어와 있는 이를 향해 보일 수 있는 최선의 태도라고 믿는 것이다.

자운 공주를 끝으로 모여야 할 이들이 한자리에 모이게 되었다.

오랜 시간을 지나 인연의 굴레로 서로가 서로를 엮고 있는 이들의 해우, 때마침 동정호변으로 모여들었던 수많은 인파들의 함성이 터져 나왔다.

잔잔하던 물살을 가르며 수많은 배들이 나아가기 시작한 것이다.

뱃머리에 각양각색의 용머리를 장식한 용선들의 거침없는 질주와 함께 단오절 최대의 축제가 시작되고 있는 것이다.

그렇게 대륙이 단오절의 축제를 만끽해 가고 있는 시각 천목산에는 또 다른 분주함이 이어지고 있었다.

깊은 산중에 자리 잡은 분지에 무림성을 축성하고 있는 수만 명의 인부들과 이를 감시하는 관부인들 모두 비지땀을 흘리며 축성 작업에 열을 올리고 있는 것이다.

특히나 산자락 한가운데 우뚝 솟은 구층 전각은 보는 것만으로도 경외감이 느껴질 정도로 웅장한 위용을 뽐내고 있었다.

황제를 상징하는 금빛과 용무늬가 전각 곳곳에 아로새겨져 있는 어마어마한 위용의 구층 전각, 하물며 그것이 깊은 산중에 세워진 것임에야 이를 축조하기 위해 얼마나 많은 이들의 땀과 노력이 들어갔을지는 상상하기조차 힘든 일이었다.

그러한 구층 전각의 전면에는 무림왕부(武林王府)란 네 글자가 용사비등한 필체로 양각되어 있었다.

그곳이 바로 중추절 벌어진다는 무림대회의 최종 승자에게 하사되는 무림왕의 거처임을 안다면 강호인들 모두 눈이 뒤집히고 말 것이다.

황제의 자금성과 비교해도 뒤처지지 않을 것 같은 어마어마한 축조물들이 구층 전각 주변으로 계속해서 만들어지고 있는 상황, 그것이 탐나지 않을 무인을 찾기 힘들 것이다.

한데 그 구층 전각의 지하 깊숙한 곳에는 수많은 인부들이나 관리들조차 전혀 알지 못하는 공간이 만들어져 있었다.

그리고 지금 그곳에서 한 무리의 인물들이 은밀한 회동을 하고 있었다.

"모두 그간 참으로 고생 많으셨습니다."

"허허! 우리가 뭐한 게 있겠습니까? 모두 대인이 계셔서 가능했던 일이었지요."

"하하하하! 그렇습니다. 그나저나 괴개 어르신? 저 여인이 누구기에……."

"저 역시 알지 못합니다. 다만 독마가 말하길 저 여인
으로 인해 망균(亡菌)이 완성될 수 있었다 합니다. 물론
증식이란 단계를 거쳐야 한다고는 하지만 이는 그저 시일
의 문제일 뿐이지요. 중추절 이곳으로부터 시작된 망균의
저주는 강호를 지울 것입니다. 이는 대인의 뜻, 그로 인
해 우리의 복수도 꿈이 아닌 현실이 되었지요."

"우하하하하! 상상하는 것만으로도 통쾌하기 그지없습
니다."

"아직은 끝이 아닙니다. 축배는 망균으로 인해 내력을
상실한 강호인들을 모조리 쓸어 버린 뒤에 마실 것입니
다. 곽영이 이끄는 삼만의 금군을 누가 당하겠습니까? 그
때가 돼서야 우리 모두의 한이 풀리는 것이지요."

번천회라 불리는 이들의 회동.

그들이 모인 지하 공간에 자리한 것은 커다란 유리관
이었다.

또한 그 유리관 안에는 수만금을 주고도 구하기 어렵
다는 온갖 진귀한 약재들이 가득 차 있었다.

그리고 그 약재들 사이에 누운 한 명의 여인, 그녀는
당가의 대모이자 당예예가 그토록 찾고자 하는 당영령이
었다.

하나 그녀의 모습은 연후와 마주했을 때와는 전혀 달라져 있었다.

죽은 듯이 누워 나직한 숨을 내뿜고 있는 그녀의 머리칼은 완전하게 힘을 잃은 백발로 변해 있었고, 반로환동으로 인해 이십대로 보이던 얼굴 역시 십수 년은 더 나이든 모습으로 변해 있는 것이다.

그리고 그 시간에도 그녀는 빠른 속도로 늙어 가고 있었다.

독령지체(毒靈之體)를 이루었던 그녀의 몸이 망균의 근본인 원정으로 화해 가고 있다는 사실.

그 망균이 바로 삼종불기 중 망공독황이 세상에 남겨둔 멸망의 씨앗이라는 사실을 아는 이들은 오직 번천회에서도 극소수의 인물들뿐이었다.

아직은 단오절, 중추절이 오는 가을까지는 여러 달의 시간이 남아 있었다.

〈『광해경』 제8권에서 계속〉

광해경

1판 1쇄 찍음 2011년 10월 7일
1판 1쇄 펴냄 2011년 10월 10일

지은이 | 이훈영
펴낸이 | 정 필
펴낸곳 | 도서출판 뿔미디어

기획총괄 | 이주헌
기획 | 한성재
편집장 | 이재권
편집책임 | 심재영
편집 | 문정흠, 이경순, 주종숙, 이진선
관리, 영업 | 김기환, 임순옥

출판등록 | 2002년 9월 11일 (제1081-1-132호)
주소 | 부천시 원미구 상3동 533-3 아트프라자 503호 (우)420-861
전화 | 032)651-6513 / 팩스 | 032)651-6094
홈페이지 | www.bbulmedia.com
E-mail | BBULMEDIA@paran.com

값 8,000원

ISBN 978-89-6639-343-5 04810
ISBN 978-89-6359-256-5 04810 (세트)